映山红

YING SHAN HONG

胡荣胜 著

黄河出版传媒集团
阳光出版社

图书在版编目(CIP)数据

映山红 / 胡荣胜著.-- 银川：阳光出版社，2024.
7.-- ISBN 978-7-5525-7430-2
I.I227

中国国家版本馆 CIP 数据核字第 2024YJ1784 号

映山红 胡荣胜 著

责任编辑 杨 皎
封面设计 艾莱印
责任印制 岳建宁

黄河出版传媒集团
阳光出版社 出版发行

出 版 人 薛文斌
地　　址 宁夏银川市北京东路 139 号出版大厦（750001）
网　　址 http: //www.ygchbs.com
网上书店 http: //shop129132959.taobao.com
电子信箱 yangguangchubanshe@163.com
邮购电话 0951-5047283
经　　销 全国新华书店
印刷装订 天津市鹏鑫印务有限公司
印刷委托书号 （宁）0030062

开　　本 880mm×1230mm 1/32
印　　张 8.25
字　　数 150 千字
版　　次 2024 年 7 月第 1 版
印　　次 2024 年 7 月第 1 次印刷
书　　号 ISBN 978-7-5525-7430-2
定　　价 46.00 元

爱在故乡的一草一木

王克楠

人和人的相遇都是需要缘分的，我和兴仁诗人胡荣胜的相遇，是由省散文学会牵线的。在 2018 年年会上，我知道了他热爱写作，还热爱摄影，整天背着“长枪短炮”在各地采风，也知道他扎根故乡进行文学写作。后来，知晓他对故乡的花科植物——映山红，情有独钟。映山红也称作杜鹃花，杜鹃是一种鸟，相传日夜哀鸣而咯血，染红了满山的花朵。杜鹃作为一个诗歌意象，意味着忠贞不渝，胡荣胜为这一本诗集命名《映山红》，也体现了他对故乡的一往情深，同时，也有他笃行自我完善的操守。他的开篇之作《映山红》与书名重名，书中把这种普通的花朵写得非常崇高，尤其是写出了杜鹃花蓬勃的生命动感，这也是他这部诗集的精神底色。

诗歌的原动力源于热爱，热爱祖国、热爱故乡、热爱自己的亲人们等。1985 年，他定居黔西南州兴仁县，成长的步伐始终离不开美丽的黔西南，对黔西南这片热土倾注了深深的情感。伟大的诗人艾青有句诗：“为什么我的眼里常含泪水？因为我对这土地爱得深沉。”他在《招堤，我梦中的家园》热情讴歌了第一故乡黔西南安龙县城，讴歌故乡厚重的历史和美丽的风景，“踏上小舟唱着民谣 / 在水墨丹青中荡漾”，这是何等的惬意。当然，故乡对于诗人还有另一种意味，那就是——乡愁。胡荣胜对于乡愁有深刻的体会，诗人一直在故乡生活和工作，体会到的是故乡的优美，“家乡的河，婉转悠长。”“家乡的山，高大起伏跌宕”，更重要的是家乡的人十分勤劳，正在用自己勤劳的双手改变家乡的面貌。作者对故乡的热爱是具体的爱，比如写到故乡的薏仁米，甚至从《本草纲目》中找到薏仁米的药用价值，又从薏仁米身上挖掘出了薏仁米的奉献精神。有了精神，才有薏仁米的物质产品：薏仁宴、薏仁酒、薏仁豆沙糖、薏仁豆沙粑等。

大自然是人类的母亲。当然也是诗歌的母亲，但凡对诗歌有独特感悟的诗人，都无比热爱大自然，全身心地投入大自然的怀抱。胡荣胜也无比热爱大自然。他热爱大自然中的春夏秋冬的季节变化，也爱大自然中独特的景物，比如他写过诗歌《金猴观瀑》，诗中抒情：“踏行千里 / 遇你 / 跪拜，守你一万年”，拳拳赤子之心，跃然纸上。诗人还特意对梅花进行了赞颂，“梅花 / 芳香越过高墙 / 跨过花江 / 飘到首都北京”，既有意境，又运用了夸张的手法。诗人写风景，不仅仅是表面的描写，而是注重挖掘风景背后的精神，比如他写《龙宫礼赞》，“龙宫是大自然的杰作 / 龙的造型 / 彰显着人间情怀”，是啊，人都是有情怀的，有情怀的人生才是丰富的人生。诗人在《踏行山路十九弯》由“山路”这个意象，联想到了兴仁的母亲河上纤夫的号子声，联想到了大山深处走出的12位博士，联想到了家乡人民脱贫攻坚的精神，联想到了山冈上挂满了硕果的核桃林，联想到家乡学校孩子们的琅琅读书声……呈现出一种大写的美。

诗人的诗歌与生长的环境有关，无论是风景也好，季节也好，植物也好，都潜藏着诗人的生命成长密码。在《映山红》中，诗人和故乡的创业者都是这样成长的，比如诗人热情讴歌了县委书记姜仕坤，这是一位热心为村民服务的好官。诗人很具体地写到了姜仕坤的事迹，写他如何抓住国家易地搬迁的好政策，为晴隆县8万人口的贫困户谋福利，写到姜仕坤出生在大山深处，对于大山有着朴素的感情，写到姜仕坤如何对“晴隆羊”的销售夜不能寐，书记为摘掉晴隆县贫困的帽子而日夜不息，但是天不留人，姜仕坤倒下了，“倒在了脱贫攻坚的路上/倒在了巍巍大山中”，在这位县委书记身上，凝聚着一种真心实意为百姓服务的精神。诗人胡荣胜还写了许多人物，用追悼的形式感念这些人物身上的仁义精神，比如《孙哥走了》，就写了孙哥是一个“视仁义值千金/重情重义”的人，并具体写到孙哥如何为战友服务的动人事迹，尤其感人的是，对于素不相识的兴仁人在北京遇到困难，孙哥都立即为兴仁老乡解决困难。

亲情、爱情、友情是人生中的宝贵财富。胡荣胜对于亲情一往情深，他的《我在月光下读你》，写了“西行的客车在群山中穿行/为一句承诺”，男子汉凡是承诺了，就一定要兑现，这是一种什么样的情怀啊。诗人借助月光表达了思念的感情，表达两个人的相互安慰，当然更有对于缘分的豁达理解，“亲爱的，相逢是缘，聚散也是缘/你是我心中的一道彩虹”。诗人把自己的父爱写给自己的女儿，他用了“您，为什么不相信我”这样特殊的角度来表现父爱，他在诗歌中对女儿谆谆教诲，千万不要好高骛远，从每一件小事情做起。诗人形象地对女儿说，山高是由无数的石头垒起的，海阔是由无数的小河流汇聚的，教育女儿要耐心地对待事业成败，机会只留给有准备的人。诗人还教育女儿要善于理解各种批评，有则改之，无则加勉……父爱之心，跃然纸上。诗人心中有博爱，就理所当然地与有博爱的人心有灵犀，比如写中国播音员郭丹，当诗人在电台里听到郭丹老师对家乡的祝福，十分感动，“在漆黑的夜晚，宁静的时刻/一位清脆　悦耳　充满温暖/爱的使者　传播文化的声音”，“这是爱的奉献 / 是大爱的奉献 / 让我们人人都献出一点爱”，大爱无疆，确实如此。

笔者以磅礴之心态掩卷，细思这部诗集的思想内容和艺术特点，其中思想内容不再赘述。在艺术特点上，我感到这部诗集具有浓厚的命名性，即对于平常生活现象进行具有个人特点的独特解读，并且进行人格升华，从而加深了对生活“丰富多彩”的理解。再者，诗人的诗歌具有“歌谣体”的特点，可读可吟，一咏三叹。最后，诗人大部分诗歌是叙事性的，读者可读到具体的人和事，诗人以具体写抽象，凝聚了一种独特的人生感悟。当然，胡荣胜的诗歌发展空间还非常大，需要他更大量地阅读和大量地练笔写作，并且身体力行与省内外诗歌高手进行交流，取长补短，提升自己。诗歌是文学创作中的黄金，一字一句都需要精练，精练，再精练。在此，笔者对胡荣胜今后的诗歌创作抱有深切的期待，是以为序。

2023 年 11 月 20 日

（作者系中国作协会员、知名诗歌评论家）

目　录

家乡情怀

旅途心语

深情缅怀

微型方阵

诗评园地

跋

家乡情怀

映山红

映山红
大山里的红
生命属于大山
在大山里默默绽放

映山红
大山里的红
它不与世界争春
独自绽放生命的色彩

映山红
大山里的红
熊熊火焰
点燃山里照亮天空

招堤，我梦中的家园

招堤
生我养我的地方
多少回　我梦中见您
多少回　我回到您怀抱
多少回　我又匆匆别离
只能在梦中与您相聚

走近您
独享清晨宁静
漫步十里荷花招堤
在涵虚阁品读
神童《半山亭记》奇文
观赏石柱
品读经典对联
遥想张瑛父子
在龙城加油的故事

走近您
漫步杨柳依依河畔

独享那山水映照的秀美风光
怀想激情燃烧的岁月
那是我梦想起航的地方

走近您
古色古香长廊
品读能工巧匠精雕细刻
观赏绿里透红闪着珍珠的荷花下
清澈水里成群结队金鱼嬉戏
仿佛回到金色童年

走近您
风雨亭里
品读龙城历史文化
千年宫廷讲述
历代帝王兴衰
演绎十八学士故事
文人墨客挥毫
那是对英烈们的敬畏

走近您
那秀美荷花湖边
停泊小舟
仿佛在讲述
荷花姑娘与阿郎
驻守风雨招堤的故事

踏上小舟唱着民谣
在水墨丹青中荡漾
仿佛回到盛世荷花年代
南明之都荷香之城
迎来百年曙光扬帆起航

秋到安龙招堤

招堤牌坊
在傍晚阳光的照耀下
更显精神发着金光

张之洞铜像
一个巨人站面前
加油故事岁月里流传

踏行半山亭
浏览亭柱楹联
满眼十里荷花收眼底
《半山亭记》在心里吟诵

长廊漫步
赏秋天荷花
枯而不残
别样风景涌心头

步入宫亭长廊

太极拳　八段锦　广场舞
在鹤发老人中演绎
音乐声中
感悟和谐生美景

行走石板道
高大枫树黄叶
飘落路上
绘就一幅秋景图

招堤　我的故乡
春夏秋冬景不同
春天　小荷才露尖尖角
夏天　花枝招展
秋天　秋荷显精神
冬天　残而不枯

乡愁宴

乡愁宴
荡起漂泊游子的故乡情怀

家乡河
婉转又悠长
童年嬉戏的乐园
河上桥
流传古老动人的故事
河边沙滩
绘就儿时梦想

家乡山
高大　起伏跌宕
是山里汉子挺起胸膛
郁郁葱葱树林
是村寨图腾色彩
寨门前弯曲沟渠
流动着山里人的血脉

家乡人
浓浓故乡情怀
一双双勤劳双手
绘就乡村振兴蓝图
村寨
紧跟时代步伐
是山里儿女不变的追求

门前那棵梨子树

岁月中
门前那棵梨子树已消失

我心目中
随着年龄增长
它却越长越大

梨子树
谁栽种无法考证
记事起就一抱大
离地一米高分叉
一棵是沙桐梨
另一棵是秤砣梨
父亲小时候
放学守着梨子树
讲述心酸故事

我儿时的伙伴
常在梨子树下嬉戏

听老人讲故事
梨子成熟
一个个像猴子
爬到树上摘

我家搬到城里
梨子树没人管
果不大不甜
过几年
梨子树老屋不见
问不出结果

寻找年夜饭

年夜饭
儿时记忆
香喷喷的
香得人直流口水

长菜
讨吉利菜
是一家人最爱
大家第一口吃的菜
从除夕一直吃到十五

香肠肉
年夜饭中最好的菜
杀年猪后
制作工艺最精致的菜
味好　形好　色好

猪脚炖粉丝
油不腻

年夜饭中菜中菜
儿童只能吃肉粉丝
不能吃猪蹄

……

年夜饭
鞭炮声中饭
除夕夜中饭
团圆饭　吉利饭
充满希望的饭
儿时天天盼吃年夜饭

抹不去的青春记忆

青春
人生中美好的年华
激情燃烧的岁月
抹不去三年师范生活

解决温饱的年代
考进中等师范学校
端上“铁饭碗”
是寒门子弟鲤鱼跃龙门的梦想

1982 年 9 月
我成为一名中师生
三年师范生活
让我结识不同乡村的同龄人
同在师范学堂遨游知识海洋

生活艰苦
感觉充实
对未来充满希望

14.5 元
中师生刻骨铭心的数字
一个月生活费
县国有饭店门口
大筲箕装着油炸粑
是我的早餐最爱

放学食堂窗口前
排成长龙打饭菜
一道抹不去的风景
在记忆中生长

集体宿舍大教室
双层床　摆四排
几十名男生睡房
下晚自习
唱歌　弹琴　吹箫
摆龙门阵　应有尽有
是今天同学们道不完的话语

周末
同学来串门
父母见到
脸上堆满喜悦
腊肉　香肠肉　尽情款待
睡觉

青春话语道鸡鸣

三年师范生活
友谊在这里结缘
青春在这里绽放
人生在这里起航

1985 年 9 月
一个充满收获
开启新征程的日子
教师节锣鼓声　鞭炮声
今天在脑子里响起
激励鞭策
牢记一碗水一桶水的道理

育人勤学
成为我生活的全部
三年勤奋
圆了大学梦
浩瀚文学海洋滋养
开启作家之旅

师范生活
点燃青春火把
照亮我翻越一座座高山
看到前方一座座丰碑
生命之舟追赶日月

中师生

中师生
经历人民公社
生产队　挣工分吃饭的年代
参与了上交公益粮

中师生
经历农业学大寨
接受贫下中农再教育
参与插秧　积肥　拾麦穗

中师生
经历了中考
没参加普通高考
是成人高考　自学考试
圆了他们的大学梦

中师生
最能体会寒门子弟
上学难　读书难

端起铁饭碗的重要性

中师生
曾撑起普及全民教育的一片天
他们懂得知识重要
赶上第一个教师节

中师生
从蛙声中走来
身上沾满泥土
身上有股劲
不撞南墙不回头
成为各行各业顶梁柱

中师生
日落黄昏
知道健康是福
承担培养后代
读着研究生
托举着新生朝阳

天　香

中秋节前夕
中视网推出
老字号祝家月饼

月饼订单
雪片般飞来
电商忙个不停

线下采购
长龙排队等待
仿佛回到凭票购物的年代

小张说
小时候
父亲买祝家月饼给我吃
现在
我买祝家月饼给父亲吃

广西顾客

千里开车买月饼
店前叙说祝家月饼的故事

北京赵总
品过月饼几十种
最爱吃祝家月饼

祝家月饼　源远流长
民国时期
月饼创始人祝华先
安龙政府糖食糕点大厨
传月饼制作工艺给子登榜
合作社时期
二代传承人祝登榜
安龙糖食加工厂负责人
20 世纪 80 年代
祝家月饼第三代传人祝光琴
家庭小作坊生产月饼
秉承纯手工制作　纯天然配料精神
遵循精工艺　优配方
准火候传统工艺
推陈出新祝家月饼

一路走来祝家月饼
家庭作坊　小作坊　加工厂
诚信经营　质量第一　生命至上
是他不变的本色

松脆香酥　甜咸适口
重油不腻　吃不甜喉
是他固有的特色
与时俱进　开拓创新
弘扬传统　创月饼之冠
是他永恒的追求

探访薏仁

“薏仁”米中之王
兴仁形象代言词

我怀着崇敬
从远方走来
来到云贵高原脚下
崇山峻岭中
中国薏仁米之乡探访您

群山中
目睹满坡薏仁绿
农家小院
倾听古稀老人讲述薏仁米的传说
古籍中
寻找薏仁的足迹
《本草纲目》
呈现您的药用价值
科研所
获悉您周身是宝

薏仁宴　薏仁酒　薏仁粉
薏仁精油　薏仁豆沙粑　薏仁米
成为兴仁名特优产品
走出兴仁　越过贵州　奔向全国
兴仁　薏仁米出产地
聚集地　加工地　研发地　经销地
搭乘“一带一路”列车
远销东南亚等地

“薏仁”米粮食之精品
惠农富商
拉动经济增长的杠杆

屯脚行

屯脚
云贵高原
大山深处小镇
伟人到过的地方
兴仁一张外宣名片
“八月八”苗族风情节举办地
山水相依，民风淳朴
犹如天人合一的山水画

屯脚
一个多民族聚居的乡镇
铜鼓文化是魂
苗族刺绣领带是品牌
薏仁米加工是龙头产业
脱贫攻坚冲锋号
吹出湿地公园旅游的亮丽风景

屯脚
苗西南优质水产业基地

猕猴桃产业基地
百亩双季玉米示范基地
科学规范示范养殖基地
兴仁脱贫攻坚亮点项目

屯脚
铜鼓敲响时代鼓点
以龙头大山气势
踏着“214”省道康庄大道
鲤鱼跃龙门
成为经济强镇　旅游重镇

走进“一江锁钥”

走进“一江锁钥”
一个鸡鸣三县地方
包揽高原雄奇
倾听北盘江涛声

走进“一江锁钥”
踏行茶驿古道
神鼓号角耳畔响起
一群布依先民
守土有责保卫战
呈现眼前
崖壁墨痕
记录着先民英雄事迹

走进“一江锁钥”
千年古树下
倾听花甲老人
述说“一江锁钥”的传说
俊男靓女浪哨

浪出小康路上浪漫

走进“一江锁钥”
走进李子之乡
春天　一路花开等你来
夏天　丰收硕果
挂满阿藏人的笑脸

五峰村民闹新春

一

金鸡报晓丁酉年，
五峰村民闹新春。
明媚阳光荡春风，
五峰梦里中国梦。

二

芦笙八音迎宾朋，
板凳舞出新气象。
彝家火焰烧激情，
欢歌燕舞颂新村。

三

龙滩高寨篮球赛，
你争我夺友情深。
俊男靓女抛糖包，

抛出五峰新风尚。

四

五峰大道村里通，
拉动产业大发展。
笔峰山下新学校，
栽桃培李绘蓝图。

龙宫礼赞

我是龙
深藏在大山深处的龙
你是宫
深藏在大山深处的宫
阴阳组合成一道秀美风景

龙宫是云贵高原的明珠
人间仙境般美
与黄果树瀑布相呼应

龙宫是大自然的杰作
龙造型
彰显人间情怀

龙宫是诗的故乡
龙文化
彰显贵州工匠精神

黄果树瀑布抒怀

黄果树瀑布
天公鬼斧神工杰作
地球上一个疤痕
一道亮丽的山水风景
是贵州骄傲
中国骄傲　世界骄傲

飞流直下三千尺的风景中
品读大唐诗仙的豪迈气势
聆听交响乐中
欣赏奇山秀水画卷

借你美名
世界认识了中国
中国认识了贵州
贵州认识了自己

黄果树瀑布
你怒吼

泥沙俱下
水跌千丈溅起巨响
爆炸声　地震声
夹杂着观光者的惊叹声

我感到
大自然神奇
力大无穷
人类渺小

我感到
尊重自然规律
似白天和黑夜不可逆转
发展不能以牺牲环境为代价
人类与自然共存是永恒的主题

贵州的桥

世界桥看中国
中国桥看贵州

贵州山高路远
地形复杂的省份
日本打到独山
不敢贸然进入

贵州　红军长征
停留时间最多的省
挽救红军
成为中国革命转折点

贵州山高
挡住人的视线
黔西南作家
骑马到省城改稿成佳话

借西部开发东风

彩桥飞架蓝天
铁绳桥　石拱桥成历史
北盘江大桥　坝宁河大桥
创造世界奇迹
让贵州人跨越时空
后发赶超

天空飞来金凤凰
大数据　天眼工程　华为入驻
插上经济腾飞的翅膀

贵州黄果树瀑布响四方
贵州侗族大歌传世界
贵州村超成网红

贵州山火

你们开下门
这是当地群众
送别消防官兵的话语

大家吃包子　喝点水
退休护林员
守在下山路口对灭火人员说

群众含泪送别消防车辆
消防救援人员下车
深情拥抱
抱出军人天职
抱出军民鱼水情深
抱出老百姓是天的承诺

二十岁刚退伍
牺牲在贵州山火中
用青春捍卫金山银山

逃生牛
满身烧焦痕
向群众讲述逃生故事

火烧云
是一道风景
也是一场灾难
此刻是熊熊山火铸成

痛定思痛
水火无情
消防安全重在预防
教育从娃娃抓起责任重大

注：2024 年春节期间，全国普遍降温，贵州艳阳高照，风势猛烈致多地爆发山火，引起全国关注。

崇敬梅花

梅花
芳香越过高墙
跨过花江
飘到首都北京

迷彩绿
爱心长出嫩芽
焕发青春生命
抒写心曲
重扬生活风帆

秋天，我来了

秋天我来了
带着深秋凉意
从山那边
怀着一颗寻找失落梦的心
穿越座座大山
云山雾海
栖息诗意的盘龙景区
文学殿堂里洗涤心灵

一位位尊师的教诲
一副副熟悉的面孔
一声声久别的乡音
一杯杯火辣的薄酒
炙烤那颗冬眠的心
是雷震动
秋风吹拂
一双双期待目光
让我看到
文学殿堂里的丰碑
远方火红色彩
我沿光的方向
追寻遥远的梦

秋的收获

香山红叶红满枝头
秋高气爽的日子
盘江八属园长们
沐浴二十大秋风
汇集册亨秧弄驿站
洗涤心灵

在这里　我们开展破冰行动
在这里　我们聆听宣讲报告
在这里　我们找到减压良方
在这里　我们参观省级示范幼儿园

在这里　我们才艺得到展示
在这里　我们看到党徽作用铁纪律
在这里　我们取长补短　懂得责任担当
在这里　我们寻到良方收获满满
在这里　我们看到山里太阳升起

第一书记心语

第一书记
村里最大官
群众摆脱贫困的靠山

脚步在山里丈量，
与大家谈心交心
谈出感情　交成亲戚

办公室灯光
深
夜
在村子里闪烁

他是一座山

——谨以此诗献给清镇文友

他是一座山
一座云贵高原脚下
贵州大山里的山

他普通
脚下沾满黑土
吸着清新空气
享受着雨露阳光

他守住寂寞
过着隐士生活
深山里独享宁静

与花为伴鸟为伍
窗明几净
阅读古今诗书
春蚕吐丝
满腹诗书流笔端

他是一座山
一座文化人的山
作家队伍里的山
评论家中的山
……

你是一颗卒子

你是一颗卒子
棋盘上的一颗卒子
小卒子发挥大作用

你是一只啄木鸟
青春献给那片绿色银行
绿色里撒满你的足迹

你是一面旗帜
疫情防控服务队中有你
修桥补路的领头雁

你是群众文化的传播者
社区歌舞龙舞狮队队长
春节活动的参与者　直播手

你是一位身残志坚
残疾人中的楷模
心里装着群众的人

九　妹

想起你
就想起荡气回肠
经典名曲《九儿》

大山深处
普通农家的女儿

少年
母亲身体不好
陪母亲到广州看病
遇生命中的贵人
走上理疗之路
夏练三伏　冬练三九
在岁月中成长

魂牵梦绕的家乡
农舍瓦屋的炊烟
填满心田
她回到朝思暮想的家

山还是那座山
路还是那条路
瓦房仍还是那栋瓦房
冥冥中思索

走出山旮旯
县城里寻找空间

泥水工　洗碗工　钟点工
滴滴汗水
磨砺她生活的意志
辨别是非的能力
看到生活的曙光

健康理疗之舟
扬起她生活之帆

理疗
确定她人生的航向
理疗
使丑小鸭变成白天鹅

一位离休老人的心声

——谨以此诗献给离休老同志吴念孔老人

清明节
在烈士陵园
一位离休老人
坐在轮椅上
面对幼儿园学生
讲述着自己的故事

1949 年参加革命
从安徽步行到兴仁
参加兴仁的征粮运动
参加保卫兴仁县城的战斗
参加兴仁剿匪斗争
目睹了战友流血牺牲
每年清明节
他都要去为战友扫墓
告慰战友
与战友交流祖国翻天覆地变化

八十四岁

他出版过文集《岁月峥嵘》
写过
泗源乡工作组在土匪攻城前后
贞丰白蜡剿匪经过
他写过告慰姚兴隆烈士
歌声伴我八十载
岁月峥嵘（我和我的家庭）

九十五岁
他又出版文集《岁月如歌》
写过
元帅教诲，永恒铭记
敬仰伟人邓小平
兴仁记忆
向党汇报
歌颂人民好时代
回眸七十载
九十话家庭
建党一百周年的感想

跨世纪老人
见证国家
站起来　富起来　强起来的光辉历程

跨世纪老人
四世同堂　家训
勤奋谨慎传子孙
如歌岁月传四方

大山骄子

贵州山
像竹笋样遍地都是
一个比一个大
大山深处兴仁
人们在颂扬一个人
称他是大山骄子

他耄耋之人
走在街上普通
身穿陈旧中山装
走路迟缓
过斑马线
车让他　他给车招手

他曾是兴仁人民当家人
德高望重的老领导
离休干部文颂
山里走来的人民教师
过道上一张桌子　一张床

是他的办公室
退休后发挥正能量
关心下一代工作
中华“诗词之县”美誉
凝聚他的心血

一起工作过的搭档诗颂
都道大山多俊贤，
覃先风范世人传。
在岗勤奋谋民利，
交友赤诚耕砚田。
桃李满园花烂漫，
诗词一卷玉环连。
如歌岁月修身健，
老骥识途不用鞭。

县文联同志诗颂
大山骄子数登涛，
勤政廉洁意气豪。
华诞乐章十颂党，
文朋诗友众声褒。

他是一个
走在街上人人问的好人
他是一个
德行天下人
他是一个

退休后仍牵挂老年事业的人
他是一个
打造兴仁诗词之县的领头雁
他是一个
活着为多数人活的人

我的文朋诗友

山　人

一生与书艺有缘
览艺海群书
点画中抒写人生
《虹光润宇》折射思想光芒

丁　伯

白家冲山高大
河水长流
敢于打破清规戒律
走出大山
成为山之骄子

方志专家
《野花》
流露对回族的情怀
《心之颤》

诗意抒写心曲
真情洞察人世沧桑
《旋涡》
再现青春风采
故事波澜壮阔

长　江

大山骄子
一生向往着黄河长江
文艺海洋一叶扁舟
文笔中流淌山里的故事

郭　老

自称是在政坛边走过的人
老马是笔名
《兴仁县志》主编
兴仁党史研究专家
《兴仁报》资深记者
《文心诗词》主编
《三节草》小说
道出人生真谛
郭老书法传远方

哑　默

身残志坚的典范
中国新诗的先行者
文化学者
俄罗斯文化研究专家
《墙里化石》著春秋
《岁月起伏，如山丘》道破人间万象
耄耋之年
声如洪钟响彻大江南北

关 爱

——谨以此诗献给陈翰辉老师[①]

这是一种爱
从心底流淌的关爱

这是一种爱
是对艺术执着追求后
用光普洒大地的爱

这是一种爱
沿艺术血脉
薪火相传无私的爱

①岁月匆匆，转眼间快30年，今日突然在家乡“安龙故事”微信群见“陈翰辉”三字，文联主席寻找文学青年故事涌上心头，获诗《关爱》记之。

摇 篮

——兴仁市心海幼儿园园歌

我们用心编织花篮
用花篮装初升的太阳
我们胸怀像海宽广
海上升起金色朝阳

我们春天播种希望
在热土里呀孕育未来
我们迎来雨露阳光
沐浴春风花朵满园

用心编织花篮
海上升起朝阳
春天播撒希望
花朵盛开满园

我们工作充满阳光
用青春呵护幼苗成长
我们胸怀大海宽广
孕育未来祖国栋梁

我们胸怀大海宽广
海面上升起清晨阳光
我们摇篮装满希望
欢声笑语茁壮成长

用心编织花篮
海上升起朝阳
春天播撒希望
花朵盛开满园

春天播撒希望
花朵盛开满园

两代人的情怀

——读长辈傅汝吉写父亲诗有感

父亲
牛的执着耕耘讲坛
山区教育的一盏灯

同学
山泉流淌汇成河
浪花翻起波澜

月有阴晴圆缺
人有旦夕祸福
儿时伴侣
耄耋之年的问候

附：父亲同学傅汝吉诗歌

追思老同学胡启华（傅汝吉）

胡老师没有走
他正在家访的山道上跋涉

一步一个脚印

胡校长没有走
他正在召开教研会
一句一个烙印

胡科长没有走
他正在工地巡查
一砖一瓦留下他的手印

启华没有走
他站在讲台上
板书：教育兴邦，知识至上

注：作者系贵州作家、贵州文化名人、社会文化活动家、省文化和旅游厅原副巡视员。

龙盘洞悟道（散文诗）

我带着深秋凉意，穿越林地，来到大山深处龙盘洞。

龙盘洞幽深渐长，踏着智者的脚印入洞，一段陡峭，似飞流直下后，行走险滩边，沿石阶踏行，仰望饱览大自然奇观，鬼斧神工杰作，添加现代文明光彩。龙盘洞，让我看到艺术高深，永恒魅力！

龙盘洞，今生与您相约，入洞修身是我前半生修的福，愿长跪您膝下，守您今生今世！

踏行山路十九弯（散文诗）

踏行山路十九弯，在那石头开花马生角的地方，走在弯道上，我仿佛听到母亲河上纤夫号声，看到岸边一个个深陷脚印，沿河走向太阳升起的地方。

踏行山路十九弯，在那石头开花马生角的地方，走在弯道上，我仿佛听到落后挨打，贫穷受欺的古训，仿佛看到大山深处走出 12 位博士的艰难步履及他们在大洋彼岸回望大山。

踏行山路十九弯，在那石头开花马生角的地方，走在弯道上，我听到决战贫困号角在大山深处吹响，看到坚决打赢脱贫攻坚这场硬仗的大军担当精神和谱写出的和平年代英雄战歌。

踏行山路十九弯，走在弯道顶端，我看到山冈上挂满硕果核桃林，山洼里改造成富有时代特色的山里人家，寨子旁花园似学校，旗杆上鲜艳的五星红旗迎风飘扬。

踏行山路十九弯，站在群山顶端，我看到云山雾海水墨山水画，听到母亲河上汽笛长鸣！

册亨，我成了您的匆匆过客（散文诗）

册亨，一个地球上不起眼的名字，我成了您的匆匆过客。但是，随着岁月流逝，您在我心中却长成宽阔海洋。

册亨，我的第二故乡，者楼河流淌，清澈见底，河水流走了时光，却流不走您驻扎在我心中那段充满青春气息的纯真感情！

想起册亨，就想起父亲被称作“老黄牛”的故事。

想起册亨，就想起一家有难千人帮的故事。

想起册亨，就想起人们常说抽一支烟走穿城的故事。

想起册亨，就想起一小旁边小店生意红红火火的故事。

想起册亨，就想起大人哄小孩，票子（钱）说成泡子的故事。

想起册亨，就想起姜仕坤上小学，王茂爱上高中借读的故事。

想起册亨，就想起社科才子黄建宏英年早逝的故事。

想起册亨，就想起……的故事！

册亨，魂牵梦萦的故乡，漂泊异乡的游子，在《册亨情节》中读您；在《天下布依》期刊中读您！在《利悠热谐谐》《昔晨愿》《音画布依》等布依歌舞剧中读您！

祖德流芳赋

祖德流芳，薪火相传，科汪新寨胡家，名门望族。

民国时期，栽培创业，建四合大院，育七子三女，分工协作，秩序井然。胡公应光，排行第二，一线姻缘，娶望族千金，育有二子，长子启荣，英年夭折，次子启华，求知心切，中学毕业，供职册亨，教界名师，二小校长，治校有方。调县教育局，足迹洒乡村。上级提拔，州属兴仁师范，任主任科长，退休移居安龙，69 岁病故，葬天榜山腰。

媳黄云阶，望族之女，与启华结婚，册亨度青春，念乡心切，携家带子，回乡奠定家业。耄耋之年，移居兴仁，随心所欲，或居兴义，或居安龙，延年益寿。

启华云阶，育三男二女：荣鑫胡斌，家住龙城，荣胜荣芳，定居兴仁，胡艳定居兴义。长子荣鑫，族中骄子，政坛青云，荣升县领导，媳祝光琴，南方电网职工，兴办产业，祝家月饼，誉满神州，育女胡昌琪，英国读研，现供职西北工业大学，定居西安，子胡昌敬，聪明伶俐，就读安龙栖凤一幼。次子荣胜，族中文人，公务员、诗人作家，媳夏永春，幼儿教师，办启蒙学堂，育子胡昌松，幼年夭折；女胡昌霖，就读海南师范大学，育次子胡昌源，系新生婴儿，三女荣芳，幼儿教师，婿岑春伦，兴仁供销社干部，育子岑子君，毕业华北科技学院，供职兴仁城投公司。四女胡艳，兴义二中教师，婿王志光，州黔宝金店经理，育子王宏涛，就读天津理工大学。五子胡斌，邮政银行工作，安龙支行首任行长，媳徐元静，安龙六中教师，育子胡昌根，就读海南三亚航空职院。

旅途心语

我在月光下读你

亲爱的
你在他乡过得好吗

洁白如月
照进小屋
我倚窗
在月光下读你
心中填满与你的故事

亲爱的
记得吗，多年前
月光如霜的夜晚
一起品尝美食
西行的客车在群山中穿行
为一句承诺

亲爱的
记得吗，多年前
月光如霜的夜晚

月老树下两颗燃烧的心结合
抚平你我受伤的心

亲爱的
还记得吗，多年前
也是月光如霜的夜晚
火车站台送别目光
久久不离去

亲爱的
相逢是缘，聚散也是缘
你是我心中的一道彩虹
你是我心中的一轮明月
我在月光下读你
在中秋月饼中剥开你

向您走来

银装素裹里
冒着零下气温　刺骨寒风
踏着皑皑白雪
向您走来

秋风扫落叶的日子里
从山那边
踩着满地枯黄的落叶
向您走来

日落黄昏里
怀着感恩的心
寻找青春足迹
向您走来

……

叩问安龙金字塔(外一首)

安龙金字塔
有人说你是石山
是云贵高原的普通石山
有人说你是金字塔
是天宇洒落地球的金字塔
《山海经》记载
与埃及金字塔是兄弟

地质考古专家来了
说　与南明古都有关联
与古夜郎有牵连
填补夜郎古都无法考证的空白

我说你是金字塔
是明朝皇帝朱由榔
离开安龙留下的富矿
印证是金子总要闪光的道理
成为南明古都旅游的一道风景
闪耀中华文明的风彩

金字塔　我来了

金字塔，我的家乡
我来了
在互联网读你
夕阳下
那形似金字塔的山
金碧辉煌

金字塔　我来了
车在高速公路上穿行
在云里雾里穿行
回到童年的美好记忆
在神童的《半山亭记》里
寻找加油文化的源
引来泱泱学子
回报家乡的英雄壮举
跋涉观光亭　站在山之巅
欣赏盛世龙城的山水画
金字塔群
竹笋似的在画里非常突出

金字塔
丰富南明古都文化
丰富兴义知府加油文化
丰富十里荷都山水文化
为家乡旅游文化添光加彩

我寻找

我
在海边的人群中寻找
在月光下的林荫小道上寻找
在池塘边的蛙声中寻找

亲爱的
江河封冻会有破冰时
冬天过去会有春天
黑夜过后会有白天
何时是你的归期

常言道
有阳就有阴
有男就有女
有我就应该有你

你
我心中的女神
满天星星

哪颗是你
城市人流中
哪个是你
海边观潮的人中哪个是你
我约你一起去泰山看日出

致青春

青春
是冰雪融化后
缓缓流淌的小河

青春
是清晨推开窗户
见到的第一束阳光

青春
是出巢小鸟
第一声鸣叫

青春
是土壤长出嫩芽
给人激情与希望

青春
是烛光的照耀下
唱出的一首时代颂歌

青春
是人生路上的苦闷和彷徨
梦想追求的一束束曙光

你　为什么不相信我

——致女儿

孩子
山
高
是由块块大石垒起
是成百上千年地壳运动所形成

海
深
是汇聚多条江河
成百上千条溪流形成

大
树
形成大树
是因为生长成百上千年
吸收成百上千年的雨露阳光
经历成百上千年的风风雨雨
……

你
一颗豆芽能开花结果
即使能　要等明天后天
吸收雨露阳光才能实现

记住
小草长成绿荫
需要时间

记住
天不会掉馅儿饼
即使掉　也是给有准备的人

记住
唐僧等人西行
为什么能取回真经
是经历过九九八十一难

记住
忠言逆耳利于行
鲜花掌声献给成功者

你处在
人生爬坡上坎的关键期
需要勇气毅力
祝你金榜题名
走好人生的每一步

小鸟飞了

——谨以此诗献给女儿十八岁生日

小鸟飞了
那是出生在山里
树上窝里成长的小鸟
脚沾满泥土
羽毛被露水打湿
山泉水养大的小鸟

飞出了大山
来到海滨城市栖息
在大海边
她看到海面宽阔
波平如静　海咆哮
海上升起朝阳
听见看见巨轮起航鸣笛

思考着未来
海里练习游泳
一浮一沉蛙泳
向远方游去
梦中成为一只海鸥

栽　树

栽下一棵树会长吗
答案　会
因为　一棵草有一颗露水养

为什么有枯死或茂盛之分
这与栽种位置
土壤
雨露阳光有关
更与栽种人培植
除草　打农药　修枝有关

培养人不是这样吗

对 视

对视
是一个生命来到人世间
睁眼与父亲的对视

他懂得了父亲
也认识了自己

父亲
看到了一个生命
来到人间的诉求

一股心酸涌上心头

妈妈　您在他乡过得还好吗

妈妈　我白发苍苍的妈妈
是您给我生命
哺育我成长
儿每一次外出
都凝聚您的心血

出门　少不了您牵挂
忘不了车站站台上
客车远行您久久凝望
忘不了晚归
您病榻上的倾诉
忘不了电话里
您问寒问暖的话语

养儿防老
多少次我回到你身边
多少次你做的饭菜飘香
多少次梦中与你交流

白发苍苍的妈妈
您在他乡过得还好吗

春天必将来临

——致 2022 倒春寒

小草
在土里刚感受到温暖
雨夹雪汹涌而来
企图埋葬它

桃花李花
应春风邀约
刚张开春天的笑脸
一夜间
凛冽的寒风凶猛扑来
满地落花
化成一道风景

江河
经一冬的凝固
开始解冻
雪凝水混流的时刻
你以零下气温
企图将它封冻

倒春寒
你是妖魔
能阻碍春天的到来吗
春夏秋冬
大自然的规律
今天　高科技时代
御寒耐寒显著增强
阳光明媚的春天必将来临

诗人之死

有一天我死了
化作一股炊烟
升上蓝蓝天空
变成一朵白云
在天空遨游

有一天我死了
如同深秋
枫树上红叶
在微风中落到地面
与其他落叶一道
铺就另一道风景
滋润万物生长

有一天我死了
泥土里安静躺下
那山丘风声
树林鸟声
松涛声　泉水流淌声
是我长眠春天的鼻鼾声

我在那边等您

我在河对岸
那山丘上的树林里
那堆绿草丛中等您

我在海的对岸
沙滩上
那个咖啡屋里等您

我在半山腰上
那茅草屋里等您
等您到天长地久

远　方

远方
是高高山上
覆盖洁白的雪

远方
是故乡
父亲居住的地方

远方
是丰碑
点亮我的灯塔

遇见你

遇见你
是你我之缘

遇见你
在大山深处
踏行荆棘丛林后
崇山峻岭上
翠绿海洋中
苗家女采茶歌声中

遇见你
看见山里人的希望
冉冉升起的太阳
古茶树上盛开的花朵
茶果化着溪流滋润心田

遇见你
在城市茶社里
一杯茗茶润心田

品人生奇书
简单自己

遇见你
是我前世修来的福

健康法宝

——谨以此诗献给中老年朋友

健康是福
是自己的福
是儿女们的福
是亲戚朋友的福

人活着
心态是关键
功名利禄皆可抛
铭记　平安是福

运动是健康法宝
早晚一杯水
不是药胜似药

水

水
生命之源
高大无比

水
无处不在
寻常无比

赞美
是因为它有坚定的信仰
遇到阻碍能绕道前行
有目标有方向

赞美
是因为它胸怀宽广
整个面积占地球三分之二

赞美
是因为它力大无穷

猛烈能摧毁一切

赞美它
是因为它柔和
可以改变自己

手　机

新时代的产物
是百宝箱
是银行　是方向

是定时炸弹
犯罪分子作案工具
摧残身体第一杀手

是出行的必带物
亲情友情的桥梁

一部手机知行天下

石　头

石头
铺在山里路上
日晒雨林
心向山外

身上有灰尘
风给它擦净
擦不去的地方
雨来清洗
永远保持向上的心

夜　听

夜听成生活时尚
是解困良药
能满足与经典对话
和大师交流

夜听
是人世凡尘洗涤
一种不用纸笔
直击心灵的学习
夜深人静
独自享受的夜生活

追梦人

落后要挨打
贫穷被人欺
激励着我们做追梦人

因为我们没有忘记
鸦片硝烟盘旋过上空
圆明园
控诉列强们的滔天罪行
让我们低下高贵的头颅
南京城血腥屠杀
激励我们做追梦人

因为　我们没有忘记
天上不会掉馅儿饼
春天是经过冬天孕育
冰雪覆盖不了我们
大雪压不垮我们
我们是顶天立地追梦人

农民工撑起一片天

农民工
有一双手
成为城市一分子

绿洲是他铺就
他是一颗钉
盖高楼大厦少不了他
他是清洁工
城市环卫少不了他
他是搬运工
城市码头少不了他

他是快递哥
穿行城里大街小巷
他是钟点工
为忙碌的城市人做家务

春天二首

一

春天是什么
是冷冻江河
破冰的清脆声

春天是什么
是顽童
在冰雪里嬉戏

春天是什么
是滑雪场上
雪橇板在飞奔

春天是什么
是竹林中的小鸟
清晨的叽喳吵闹声

春天是什么

是耄耋老人
接团长途旅行

二

春天
是经历寒冬冰雪覆盖来的

梅
树
枝
头
深红色花瓣上
我看到春意盎然的春天

秋之美

秋天
桂花树
孕育一树花
似星星眨眨眼
飘香漫延四周

秋天
池塘里荷
亭亭荷叶由绿渐黄
额头刻刀痕
却展现黄昏美

秋天
枫叶红了
一夜秋风
飘落地上的枫叶
绘成深秋风景

人到秋天

头上长满雪霜
眼角鱼尾纹
在秋风中生长
更懂生命的意义
活出秋天的风采

春天还会远吗

——2023 年贵州省散文学会年会有感

秋天刚离去
水泊渡山上
仍是浓浓深秋胜景图
度假村迎来贵州省散文学会年会的召开

水泊渡
地图上一个不起眼的名字
11 月 18 日　全省散文家
万马归巢从
毕节黔南　黔东南
贵阳　安顺　六盘水　黔西南
聚集这里
共话贵州散文未来

2023　我们从艰难跋涉中走出
奔赴大山深处苗乡侗寨
与群众促膝谈心
感悟新农村的美好篇章
一篇篇沾满露水

泥土气息浓郁的精品美文
汇聚成乡村振兴颂歌

水泊渡四楼会场
灯火通明　热闹非凡
贵州散文家们
畅谈学会昨天　今天　明天
文化自信
共绘散文蓝图

冬天　我们心中装满火
春天还会远吗

2020 春节，我们不会忘记

除夕冰雹
一声惊雷
给我震动
常言道
无风不起浪　老天有眼

晚上央视春晚
亿万人民瞩目
央视主持人朗诵
白岩松向白衣天使拜年
传递武汉疫情最强音
一场抗击新型冠状病毒的战斗打响

正月初一　一个特殊的日子
推开窗户　雪花在天空飞舞
白雪皑皑　银装素裹
成为大地色彩
瑞雪兆丰年　填充我的大脑

钟南山　一位八十四岁老人
前往武汉　发出
2003 年后最强音
全国筑起新长城

一串串数字
一次次新闻发布会
一辆辆救灾物资运达武汉
大灾必有大爱
嘹亮国歌在各地响起

雷神山医院　火神山医院
迅速崛起　向世界展示中国速度
一份份请战书飞往武汉
中国加油！武汉加油！
成为春节世界人民的期盼

不　累

——致兴仁驰援花果园白衣天使

不累
是因为你心里
装有抗疫必胜的信念
不累
是因为你心里
装有服从就是命令
不累
是因为你心里
装有人民就是江山

你真不累吗
一天只睡两小时
在那冰冷地上席地而睡

军人颂

军人
如山的名字
在我心中高大
铜墙铁壁　谁都击不垮

军人
巍巍长城
春夏秋冬守护边疆
守护海域领空

军人
战争年代
用生命保家卫国
和平年代
灾难面前显身手

军人
是共和国卫士
忠诚是天职
青春热血抒写正义凯歌

用生命追赶太阳

白雾缭绕
山里瓦房
走出汉子

一串履痕
顺山谷
走出坝子
拐过山梁
延伸太阳升起的地方

天蓝蓝
海蓝蓝
海边筑巢
潮涨潮落
日出日落梦难圆

大山召唤
村口古树仰望
那一条小河泛起波澜

海风诉说挑夫故事
胸中火焰在燃烧
山显雄奇
水显宁静
山里太阳最红

秋的喜悦

秋高气爽的日子里
北京人民大会堂传来喜讯
仿佛看到圆舞曲
回到青春时代
浑身充满激情　仿佛
看到群山上冉冉升起的太阳
看到碧蓝大海掀起巨浪
浙江嘉兴红船
乘风破浪驶向远方

今年秋天
北京香山红叶最红
火红色彩照遍五湖四海
天安门广场旗杆上五星红旗
迎风飘扬　引来世界人民敬仰
人民大会堂流光溢彩
我看到新时代的中国
看到迈向新征程的中国

映山红

海口旅游抒怀

海口
一座年轻的城市
我来了

走在跨世纪高桥上
享受着新时代的风采
漫步柔软的沙滩上
看着深蓝色大海
走进热带植物林
饱览多种植物的风采
听着远行航船的汽笛
感悟人生

海南三亚

三亚
漫步海边
任思绪飞扬

三亚
漫步海边
享受爱情的甜蜜

三亚
漫步海边
感悟大海风景

华山挑夫

看到你
我看到
劳动人民的本色

看到你
我看到
坚实步伐的攀登
给人向上之力

一束光

一束光
跨越千山照亮江河

一束光
心系苍生
从祖国心脏发出

一束光
亮在人民心里
照在老百姓的心坎上

金色太阳

大海边升起金色太阳
给平静的海增添色彩
指引航船的方向

高山上升起金色太阳
给山背后带来光亮
山里瓦房升起炊烟

草原上升起金色太阳
小草们获得雨露阳光
在大地上茁壮成长

我们毕业啦

我们在阳光下成长
将来会成为祖国栋梁

我们在摇篮里成长
老师让我们感到妈妈般温暖

我们在花园里成长
和风细雨陪伴我们

我们从这里起航
迎着朝阳面向大海

我们从这里起跑
金色阳光照着我们

我们从这里放飞梦想
未来将创造辉煌

再见啦，幼儿园

三年来　您给我们
慈母严父般的爱

我们将永远怀念这段时光
带着希望，走向美好明天

我们毕业啦
我的园长爸爸
我的老师妈妈
爸爸妈妈我爱你们

祖国，我为您骄傲二首

祖国，我为您骄傲（1）

——2022年国庆有感

天安门城楼格外辉煌
十里长安街流光溢彩
人民英雄纪念碑庄严肃穆
广场花篮格外引人瞩目

祭英烈活动
隆重庄严
少先队员的歌声
洋溢着祖国未来的希望
告慰着先烈们

建党100周年　中华人民共和国成立73周年
历史证明
烈士鲜血没白流
中华民族任人宰割的年代不会重演
“东亚病夫” 已从字典上消失

祖国　您 73 周岁生日
十四亿炎黄子孙热血沸腾
同唱“五星红旗迎风飘扬”
歌声飘荡在长江黄河
激励中华儿女踏征程

祖国，我为您骄傲（2）

——观 2019 年国庆首都大阅兵电视直播有感

人到七十古来稀
您　七十岁
天安门城楼格外引人注目
十里长安街成欢腾的河
人民英雄纪念碑庄严肃穆
天安门广场荡漾成歌的海洋

英烈们
得以慰藉
抗战老兵
向天安门城楼行军礼
感恩祖国告慰战友

祖国　您七十岁生日
十四亿炎黄子孙热血沸腾
天涯海角　世界各地
同唱《我和我的祖国》
歌声传遍四面八方
激励中华儿女踏征程

五星红旗高高飘扬

五星红旗
插在珠穆朗玛峰
向世界召唤和平

五星红旗
飘在美国洛杉矶
中美交流谈判桌上

五星红旗
飘在那“一带一路”征程
领空响着正义的声音

五星红旗
人民至上　生命至上
成为长江黄河的涛声

伟人的足迹

在伟大转折的日子里
足迹留在山里
留在珠江分水岭北盘江畔
留在崇山峻岭中兴仁城

彗星般滑落两日
点亮兴仁城市的灯
刘家宅院灯光最亮
时间最长
伟人们策划着行走云南的生命线

这是一条求生路线
摆脱围追堵截
播撒红色火种
救民众于水火中

红色毛毯
成为刘姓家族传家宝
兴仁人民传家宝

兴仁廉政建设传家宝

红色标语
给兴仁反动武装震慑
海河战斗
打响兴仁红色革命第一枪
红色号角
指引兴仁儿女航向

娄山颂歌（歌词）

巍巍娄山流淌红色文化的血脉
伟人华章翻起朵朵浪花
滋润人们心房
激励我们迈向小康

茫茫娄山枪声划破领空扬风帆
红色遵义开启伟大征程
谋福天下百姓
创造美好幸福生活

娄山精神涌向大海
娄山故事流传佳话
遵义会议扭转乾坤
红色基因经典流传

深情缅怀

孙哥走了

夏末秋初
清晨噩耗传来
远在京城的保权兄走了
走在贵阳医学院
安放在兴仁八卦塘

1 小时后　一张灵堂照片
在微信里显现
尹兄所发
让我心凉　眼泪往心里流

原来保权兄回省城贵阳
参加战友聚会
突发脑出血
送医院抢救无效
家属尊重他的遗愿
拉回兴仁举行遗体告别仪式

保权兄　一个

视仁义值千金
重情重义的人
兴仁　他永远牵挂

保权兄　贵州普定人
童年随父亲到兴仁上学
10 多岁离开
兴仁成为他第二故乡

绿色军营
炼铸他铮铮铁骨
绿色军营
炼铸他一颗红心
绿色军营
炼铸他男儿当自强

北京乡友会　他说
家乡人到京城一趟不容易
你帮下他会记你一辈子
说到做到
是他一生的座右铭

家乡人说
到北京有事找孙哥
孙哥是家乡父老的贴心人

乡友说

在北京做手术
家属未到
他提笔就写
孙保权　三字
这是一种担当
犹如当年自卫反击战场
他三次舍生忘死保卫阮团长

家乡战友生病
在北京
他主动联系医生
鞍前马后
照顾非常周到
不是亲人胜似亲人

素不相识的人
在北京遇到困难
举目无亲　徘徊不定
一个电话打来
他立即联系　解决困难
回兴仁　逢人便说保权是个好人

他走后
北京乡友长江
嘱托
中外名流出版社送花圈
慰问家属　说

这是他应享的

他走后
军星说　他是最好的哥们
当年到北京招商引资
保权兄无私帮助与他们同吃同住

他走后
盛林说　前些年
他专程从北京打电话
干妈过生日　安排去拍照片
录视频　传给他

他走后
学书说　到北京
保权兄整天陪同
像对待亲人对待自己

他走后
汤进说　经营薏仁产业
成为兴仁薏仁品牌
全靠孙哥牵线搭桥
……

摄影人生

——沉痛悼念影友张家荣先生

我喜欢摄影
因为它是美的艺术
摄影是我一生向往

我喜欢摄影
因为它是歌颂真善美
鞭打假丑恶的艺术

我喜欢摄影
因为它能陶冶情操
充实人生增添生活风采

因为喜欢
背长枪短炮
跋涉山地间
在路途倒下
做一颗流星　无怨无悔
因为我寻找美发现美

谁不想好好活着

——悼谭龙辉友

龙辉走了
走在寒冬腊月
大雪纷飞的日子

谁不想好好活着
是他的话语
在生命里程中
他挣扎过　与病魔抗争多年

他从乡村寒门走出
勤学苦读　鲤鱼跃龙门
师范学堂
练就他一身本领
三尺讲台
迎来大山里的金色阳光
太阳照亮前程
乡镇干部　组工干部
乡镇领导　县财政局领导
一路走来

踏实的脚印
谱写了一曲共产党员凯歌

龙辉是位好同志
事业上是我们的好榜样
生活上善结人缘　品质高尚
育人上是后人们的好典范

兴化走了

兴化走了
走在一个没有痛苦的早晨
正如诗人徐志摩所言
我悄悄地来
又悄悄地走了

他是农民作家
泥土气息浓郁的作家
生活在社会底层
是一位连老婆都养不起的人

自称残废人
挑粪桶三头杵地
被爱情遗忘的人

他　讲情讲义
会懂得感恩
前几年生命差点被病魔夺走
靠文学信仰活过来

希望别人读他的作品

他走了
获得村里人的最高荣誉
他走了
走得安详　没有后顾之忧
他走了
村里人还经常提起他

悼选平

大山黑土孕忠魂，
一生仁义放首位。
英年驾鹤奔西方，
马场冬天降雪霜。

春天刮来一阵冷风

在桃花李花开的季节
在江河封冻的季节
在小鸟欢跳的季节
她走了

她乘着一朵祥云
好像是飞龙马
到天空遨游去了

我在《雪的意思》里
寻找一颗缪斯的忠心
我在《皮手套》里
寻找一句爱情的絮语
我在《过风雨桥》里
寻找一颗叙说人生冷暖的菩萨心

我来到诗乡
寻找你的踪迹
人们说

春天里
你到远方写诗去了

注：2024 年 3 月 21 日，贵州诗人、散文家祝会群因病逝世，享年 51 岁。噩耗传来，作诗悼念，祝她一路走好！

爸爸，你在那边过得好吗

——谨以此诗献给父亲

今天是父亲节
爸爸　儿子想您了
您在那边过得好吗

人们常说
父爱如山
我要说
父爱如海
宽广得无边无际

二十年前
父亲　突然离开我们
父亲在我心中
高大如山
超过世界最高峰

爸爸　我多灾多难的父亲
没享过一天福
伟岸身躯

撑起一片天
让我们在蓝天白云下成长

苦难是一笔财富
父亲经历太多苦难
留给儿女们许多启示

端午吊屈原

端午
龙舟最热闹
粽子最飘香
艾草门上挂
活动精彩纷呈
安康传天下
目的怀念屈原

两千三百年前
一位诗人与汨罗江结缘
一位胸怀天下的勇士与汨罗江结缘
一位赤胆忠心的英雄与汨罗江结缘

汨罗江掀起浪花　涛声响彻天空
屈原投汨罗江　汨罗江葬英雄
我们怀念他　他一心想着苍生
我们怀念他　他用生命唤醒国家
我们怀念他　他开创一代诗风

诗人臧克家说
有的人活着　他已经死了
有的人死了　他还活着
屈原就是死了还活着的人

好书记　姜仕坤

姜书记倒下了
倒在了脱贫攻坚的路上
倒在了巍巍大山中

有人说
姜书记是累死的

的确　姜书记
在心脏停止跳动前的几个小时
还在为晴隆县的脱贫攻坚奔波

因为　他
心系群众　敢于担当
因为　他知道
晴隆县 8 万人口的贫困户
要抢抓国家易地搬迁的好政策
因为　他知道
州委、州政府已下达
黔西南州脱贫攻坚一号令　要求

开局就是冲锋　起步就是决战
军中无戏言　军令如山

身为第二战区指挥长　他没忘记
自己承诺　立下军令状
晴隆县坚决打赢脱贫攻坚战这场硬仗

好书记　姜仕坤
生在大山深处册亨乡村
是贫穷人家的孩子
脚上沾满泥土
有着大山人的本色
改革开放春风滋润
成长为党的好儿女　好干部
人民尊敬的好书记

大山无言　民心敞亮
姜书记　以身殉职噩耗传出
身在上海的托尼
连夜赶回兴义
参加他的遗体告别仪式

托尼说："你们累死了一位优秀县委书记！"
2012 年 8 月　为"晴隆羊"销售问题
姜书记　深夜两点半钟
驱车从县城到郊外厂里找托尼商量
说心里没底睡不着觉

县草地中心主任张大权说：
“姜书记是养羊行家，
要是多给他 3 年时间，
我们晴隆县羊产业会是另一番景象。
因为，姜书记倒下前几天深夜，
还打电话问我，
一个养羊小细节。”

低保户王东
听到姜书记病倒的消息
泪流满面地说：
“姜书记三次来到我家帮扶，
让我看到减贫摘帽的希望。”

县委办常务副主任贺伯果说：
“姜书记确实太累了！”
他辞世前几天
4 月 6 日上午　在兴义参加州脱贫攻坚专题会
中午　赶回晴隆
召集研究易地扶贫搬迁工作会议
4 月 7 日　参加全省第一次项目观摩会
连夜赶回晴隆
部署晴隆观摩点筹备工作
4 月 8 日上午　向省观摩组汇报工作
下午 2 点　随团观摩贞丰项目
晚上 9 点　召集晴隆相关负责人

赶到贞丰县开会
研究部署晴隆易地扶贫搬迁工作

县摄影师陈亚林说：
“经常见到姜书记，
一个人站在观景台上俯瞰，
晴隆‘二十四道拐’，
构思着晴隆山地旅游大文章。”

姜书记　走了
4 月 18 日　在兴义追悼会上
有晴隆县老上访户
有他曾经共事过的安龙县身边同志
有他家乡册亨县的亲人及生前好友
……

姜仕坤　走了
网友作挽联
仕道虽难为民众鞠躬尽瘁
坤厚谦逊重情义名节如山
网友留言
他的事迹激励
我辈不忘初心做党的好儿女
网友哀叹
英才早逝天地同哀
……

姜仕坤
用生命诠释
一个共产党员的忠诚
谱写一曲脱贫攻坚开路先锋的战歌

姜书记　走了
足迹留在了山里村寨
晴隆脱贫攻坚战旗
在巍巍大山上飘扬

“二十四道拐”
诉说着历史故事　同时
讲述着好书记姜仕坤的事迹

拉　手（外1首）

幼小的手
紧拉着我的手
像似在说
爸爸您辛苦了

父亲感到
一种力　一种温暖
一种责任与担当

抱

感到心的跳动
那是新生婴儿心的跳动

微型方阵

金猴观瀑

踏行千里
遇你
跪拜，守你一万年

老　屋

岁月中遗失
在我心中生长

双乳峰

身披云彩
哺云哺雾哺日月

白　菜

家常菜中普通菜
人人见了人人爱

老　牛

吃的是草
挤出来的是奶
一生耕耘不作声

万寿山

守候万峰湖畔
眺望远方
等待千年预约

山　火

火
在山上舞
风在不停地喊加油

树林垂危
村寨垂危
人的生命垂危

渴

水库
见底
褪尽绿色

人
守水井
仰望蓝天

彝家火把节

彝家汉子
蜿蜒火龙
传承远古与未来

映山红

守住净土

身体
流淌着血液
燃烧生命
直到生命的最后时刻

树

树
昂着头
吐露春芽
梦想鸟语花香

折　腾

——献给“边玩边摄”的老师们

一条路
弯弯曲曲
伸向高峰之巅

一群人
背长枪短炮跋涉
画下美丽彩虹

荡舟鲤鱼湖

苗家妹子
失落明镜
映照蓝天白云

渔翁
守落日出
又暮宿黄昏

荷的乐章

春　荷

春风
唤醒沉睡荷

掀开泥土
与大家分享雨露阳光

夏　荷

两条小辫
长成少女
花枝招展
绿成海洋
一道亮丽风景

秋　荷

花季年华

岁月中流逝
额头霜雪
秋风中彰显高洁

冬　荷

生命
土里延伸
孕育别样风景

跪拜英雄

送别群众跪着
橄榄绿下车一抱
抱蓝天空

山　火

火龙在山上舞
似龙腾翻海
飞机在天空忙碌

人到中年

日子一天天过
人一天天老

同根生

人大分家　树大分杈
别忘　我们是同根生

点亮心灯

人　生

一场修行
一本翻着阅读的书

火烧云

是一道风景
也是一场灾难

影响一代人的词语

生　活

是一首唱不完的歌
笑里含着泪　苦里含着甜

自画像

用心做事
真诚待人
走自己的路

苟且生活
活在诗和远方

老人与幼儿合影

是一首诗
一首跨越两世纪的诗
是关爱　是希望　是憧憬

祖　孙

爷爷每天带孙子
孙子高兴
爷爷快乐
祖孙共把太阳画

桥

连接天地间
天空中种菜

守　候

修战壕　架枪炮
等待瞬间彩虹

我爱远方

远方
有儿童梦想
有映红满天朝霞

远方
有高高大山
有春暖花开时节

清明，回乡抒怀

一条走了无数次的路
现一年只走两次
一头在城里　一头在老家

男子汉

男子汉
是一条河
从小就有了方向
遇山能拐弯
遇沟能填满
遇坎能越过

男子汉
有高山的气质
有海的胸怀
能容天容地容人

诗评园地

秋的收获

——读黄彩梅散文集《石头开花》

枫叶红了
伴随秋的脚步
微风中
我捧着《石头开花》拜读
走进彩梅的内心世界
她是用心写作的人
每一篇文章
都是一次心灵倾诉
每一段文字
都赋有生命
连石头也开花

彩梅
毕节大方出生
高高大山
一墩墩奇形怪状的石头
构筑一道道风景
制约人的发展

石头开花
山里人企盼
作者企盼
走出山沟
居住省城
彩梅没有忘记家乡

北京之行
贺敬之先生赠
“花海大方”墨宝
成为她对家乡眷恋
和为家乡作出的贡献

《杜鹃花开别样红》
字字吐真情
道出文学前辈对年轻人
关爱厚望
表达作者对故乡的祝福
成为她的散文代表作

《人生坦荡》
参观火葬场有感
旁征博引纵观古今
抒写人生价值　生命意义
读获人生真谛

《水之魂》

诗意散文
阳光的照耀下
飞起水珠
如同透明水晶
清澈　晶莹
没有一丝杂物
精美文字
道出水之品性
做人应该如此

《女人味》
自身剖析
综合名家论述
道出女人做人
女人没有女人味
就像鲜花失去香味
明月失去清辉

韵味源自长期的修养
自评虽没有优点但无懈可击
书序中顾久先生点评
把平日的体验积蓄
与思　知　情文
编织起来　无须刻意　真情实感

《石头开花》
是一部文化底蕴深厚的书

捧读它　可直触
贺敬之　文朝荣　陈长吟
“时代楷模”的优秀心灵
可浏览家乡的山水风情
可感受到作家对生活的敏感
语言文字真挚而热情
对世情的见解和生活的热爱

秋天　风
虽有几丝凉意
更让人感到丰收的喜悦
彩梅《石头开花》集子出版
汇集她多年的创作成果
走进她　我体悟到
读懂他人　也提升自己
愿作者创作更多美文
愿她文笔更老辣　精品多多
愿她出彩多多　梅花更红

诗与远方的赞歌

——读晓瑞诗集《诗与远方》

贵州会写诗
山山水水有激情
字字句句有诗意

这是晓瑞老师的诗句
她用诗
抒发对贵州山水的深情
她用诗
留下记者足迹
把人间大爱
写成诗

她用脚
丈量脚下土地
她用心
深入人心之渠
寻觅诗的源泉

诗歌来源于生活

是她的创作实践
反映生活　高于生活
是她的创作理念

诗人李发模说
晓瑞名字
富有诗意
仿佛她从《诗经》流域
和汨罗江游来
上岸高原
弄潮山海
字词精准　流畅
内涵睿智　层次井然

《咏霜》
咏出大自然景观
吟唱历代文人诗篇
唱出花甲之年
人生的感叹

《问嫦娥》
古与今结合
跨越时空
把神话与现实
珠联璧合

一只蚂蚁

运来一片秋叶
奇迹
从这里开始

秋叶变书笺
逝者活着
树叶活着
活出人生哲学

风
梳理着树的华发
《秋》里的诗句
借物抒情
敬畏天地人
写出人生真谛
秋天
大雁组团远航
去寻找温暖天涯

时代感强
反映老年人的避寒方式
抒写大爱思想
呼唤人间真情

《在路上》
每天一轮新的太阳
与读者见面

三十年记者生涯
阳光
一直照在她心上
一曲阳光明媚奉献之歌
演绎为
诗与远方的生命礼赞

期　待

——喜闻王刚主任《远山的诱惑》出版

远山的诱惑
一个富有诗意的书名
让人见名就想读

装帧设计
大山
一条小路穿越山中

近中远景
清晰可见　画面感强
反映云贵高原中
作者踏行山里的人生轨迹

内容
收集了一位从山里寻常人家
走出大学教授的足迹
三十年真情流露的心路历程
内容涉及亲情散文　学术　评论
400 千字　25.5 印张

可谓作品厚重有佳

序言
好友专家倾情创作
可谓情感交融
点评到位　锦上添花
贵州人民出版社出版
规格高　名气大
是一本真正意义上的好书
相信山泉会流到江河汇入大海

捧读《元庆史话》

捧读《元庆史话》
捧读一本乡村振兴的史书
走进元庆的远古与未来

捧读《元庆史话》
捧读一本奇书
它是贵州散文作家
秦连渝　江跃华　黄越江
胡高荣　雷智贵　肖慧等
深入基层　走进乡村
走进修文县元庆村的
智慧结晶

捧读《元庆史话》
捧读时代特色的宝书
是修文脱贫攻坚成果
是落实乡村振兴“五大战略”
文化振兴的一桌丰盛大餐
在元庆故事中品读经典

传统拾遗中了解多彩文化
“乡贤”中领略名人的爱乡情怀
欣赏作家书写元庆山水的名篇巨作

《元庆史话》是一本
图文并茂解读
云贵高原神秘的村庄
讲述元庆精彩的故事
描绘元庆美好的明天
融汇知行合一的好书

年味十足

——品读李东华散文诗《年俗记忆》

深夜难眠
刷朋友圈
在白土黑石的朋友圈里
拜读李东华老师
散文诗组章《年俗记忆》
勾起我儿时的记忆
浓浓春节味涌上心头

李东华老师
擅长写散文诗
与之结交十多年
出版诗集多部可谓诗兄
每次与他见面都有新著相赠
前些年被评为贵州省十大诗人
可称得上才华横溢的诗人

《年俗记忆》
由杀猪饭打糍粑赶吊场
父亲写春联四章组成
写于 2021 年岁末

整首诗充满乡愁　年味十足

杀猪饭
是一年收成的体现
是一个家庭热情好客的象征
是山里人家一年中的重要大事

吃杀猪饭
是乡村融洽生活的浓缩
随意谈天说地
把邻里家长里短
田边地角纠纷一笔勾销

过年吃杀猪饭
再现亲情
反映邻里和睦相处

打糍粑
到腊月二十
山寨里开始打年粑
动人乐曲
告诉你年的脚步快了

打糍粑
把蒸好的糯米倒入粑槽
父亲和母亲
各自站在粑槽一头
抡着丁字粑槌

不停击打槽中糯米
嘭嘭的击打声
像打击乐敲击着年的脚步

过年打糍粑
是春节的重要内容
诗人的白描手法
勾画出打糍粑环节
突出打糍粑声音
声音穿越时空
在诗人脑海里
留下深刻印象　回味无穷

父亲写春联
乡村平淡日子
被春联炒红
父亲
是炒红乡村春节第一人
他写春联是免费的
自己掏钱买纸买墨

父亲说
贴春联不只是热闹鲜艳
是对祖宗对节日的尊重
要认真对待要心灵清净

过年贴春联
中华民族传统习俗

父亲乡村文化人
贴纸贴墨写春联
迎来好人脉好名声
道出舍得真理
反映人们对文化人的尊重

赶吊场
年前最后一场
小时候赶吊场
人多个小差点被挤丢
赶吊场苦累
有无穷魅力

过年赶吊场
乡场上人山人海
反映传统佳节热闹场景
道出有吃无吃回家过年
目的是团团圆圆

《年俗记忆》
是一首乡愁散文诗
问世即成热门诗歌
多家媒体推出
评论家邓春源感言
装满乡愁
堪称春节记忆文章佳作
愿东华诗兄
诗如泉涌　精品多多

爸爸、妈妈，我爱你

——观《家有情感》短视频有感

爸爸妈妈我爱你
是胜利在一所中学
献身演讲举起拳头喊出的话
那声音地动山摇　撕心裂肺

胜利
出生在山村
一个边远贫穷山村
是从山里农村走出的孩子
他母亲双目失明
父亲是一个瘸子
含辛茹苦把胜利养大
供他读书上学
大学毕业　胜利在城里工作

爸妈就告诉他
别跟人说自己家
更不能说父母
他听从了父母的教导

一直在外打拼努力工作
做到穷人孩子早当家
每个月都要给父母寄钱
父母分文未花给他存着

几年后
一位医院护士看上胜利
他俩相处情投意合
很快进入热恋中
胜利将身世告诉她

护士说
我嫁你
又不是嫁你父母
再说我们又不回去住

一个周末
胜利领着对象回家看父母
一路颠簸，坐了三小时中巴
到村口下车
二人步行到家门口
一栋低矮窝棚似房子
在院子里做事的母亲
告诉胜利爹　孩子回来了
没等他站起来
胜利已到父母跟前

母亲拉着胜利的手问寒问暖
他爹在一旁流出激动的泪　问
院子门口站着的女孩是谁
胜利回答俺对象
爹妈激动得语无伦次
胜利见护士站在院子外
倒回去一把将她拉进来
母亲摸着护士细嫩的手
护士把手缩回来
退出院子
把胜利叫出来　我接受不了
转身就走

胜利妈妈说
我早告诉你　叫你别回来
别跟人谈起我们
我和你爹能养活自己
走　你给我走
你不是我亲生的　是捡来的

胜利哭着喊
妈　我不走我不走我不走
他爹把胜利赶走
瘸子的爹举起拐杖
胜利双腿跪下
哭喊着妈

拐杖没打在胜利身上
转身
拿着一瓶挂在墙上的农药
就要往嘴里倒
胜利退出院子
离开家　离开生他养他的村庄

回到城里
胜利不相信找不到真爱
每一次跟对象相处
都主动说他父母家里的情况
一次次都是无缘的结局

他只好回到当初
先不说自己出身
家里爹妈
终于迎来真爱
当未婚妻问起他父母
他话到嘴边又改口
说父母在国外

后来他一直愧疚
愧疚父母
愧疚未婚妻
直到婚前几天
他还是回了一趟家
告诉父母自己要结婚了

父母听后　非常高兴
拿出一个存折
递过来　胜利打开一看
他寄给家里的钱
父母一分未花　都在存折上
心里涌起激流
暗下决心
要把父母接到城里住

回到城里胜利
深夜难眠
翻爬起床坐在电脑前
准备在微信里告诉未婚妻

写着写着天空电闪雷鸣
胜利预感大事发生
急匆匆往老家赶
走到家门口见房屋垮塌
邻里乡亲
正在他家院子里救人
跑进去　他爹被抬出来
没气了　胜利撕心裂肺地哭喊着
接着母亲又被抬出来
人昏迷　胜利哭喊着
声音响彻整个天空
一个城里女生跑进来
哭喊着娘我是你媳妇

娘睁开眼睛

未婚妻埋怨胜利
二人哭成一团
老村长说胜利节哀
安排父母后事吧
胜利说　我要把他们接到城里
经常陪着二老

仰望丰碑

——拜读散文诗《写给散文诗人》有感

这是一首
在理想路上耕耘 30 年发出的声音
这是一首
用我手写我心的真情流露
这是一首
老诗人对年轻诗人的忠告

每一个字
都精雕细琢
每一个词
都反复推敲
每一句话
都在峥嵘岁月中酿成

诗作是对散文诗体例的阐述
更是对散文诗创作多年的提炼
它是一束光
照亮人们的星空

它是一座碑
激励着人们前进

注：有幸获白土黑石老师新著《回望远方》，翻阅后被其诗打动，特作此诗祝贺！

爱的使者

——致卞荔莎女士

这爱
来自大洋彼岸美国康州城
有浓浓的故乡情怀
表达游子对家乡炽热的爱

这爱
祖国五千年文化如数家珍
五星红旗反复吟诵
爱国情怀在字行里间体现

这爱
是对生命的呵护
喊出世界人民最强音
抒发白衣天使的忠诚

这爱
是歌者对世界的认知
浓浓的家乡情结
勾起对儿时生活的回味

这爱
是世界诗坛快枪手
传递智慧的钥匙
开启心灵的大门

这爱
是世界诗协总编辑
汇聚江河溪流
播洒的雨露阳光

我爱您

——致郭丹老师

在夜深人静
倾听天籁之声里爱您
在“2021 新春寄语”里爱您

这爱
是山间溪流
流淌江河的爱

这爱
是大山里的孩子
对美好生活向往的爱

这爱
超越了时空
跨越了千山万水

天籁之音

——致世界诗歌总会形象大使郭丹

这个世界都有温暖
我在诵读，你在听吗?
这是来自大洋彼岸洛杉矶郭丹老师的问候

这声音
穿过高山
越过大海
遍布世界每个角落

大山里孩子听到了
听到了世界一流播音主持的声音
在漆黑的夜晚　宁静的时刻
我听到了
一位清脆　悦耳　充满温暖
爱的使者　传播文化的声音

老男孩　成为我恩师
卞荔莎　成为我挚友
火凤凰　成为我姊妹

……

我听到了
世界顶级大师经典名篇
我听到了
五千年文明古国经典名篇
我听到了
世界口罩日优秀作品诵读
我听到了
……

这是爱的奉献
是大爱的奉献
让我们人人都献出一点爱
世界就会变成美好人间

脊　梁

——致老男孩先生

老男孩
是您喜欢的名字

男孩　好动
富有创意
前面加个“老”字
那就不是好动
是为人做事
目标性很强　有攻击性
注定能成就一番事业

世界诗歌总会的缔造
聚集顶级艺术人才
一首首华章
展现雄才大略

为了捍卫生命
您总统都敢骂
为了保护人类

您呼唤
第三次世界大战已爆发

您传递大爱
让世界没有国界
没有种族没有贫富
只要喜欢上进爱好学习的人
都能听到　都能受益

夏永奇
吉尼斯世界纪录创造者
世界口罩日日歌作者
您的挚友　我的恩师
离世　您情深意切的悼文
引得我同感
冬天已经来临

老男孩
平常人干大事业的典范
用生命书写“人”字

仰望高山

——品读雷智贵的诗歌《带枪的人》

雷智贵老师
是云贵高原的一座山
他的诗集《带枪的人》出版
犹如巨石落地
打破诗坛宁静
掀起一股热潮
曾一度走上热搜
塑起一座诗歌雕像

因为我站着撒尿
所以我是男人
……
因为我是男人
所以我站着撒尿
站着生
站着死
站着做人
这是作者《带枪的人》前两句
后面几句是整首诗的金句

最能体现作者风格的诗句

作者
是诗人　作家
摄影家　社会活动家
结识他
是新世纪初 2003 年冬
在贵阳市西路公园里
哑默老师住处
一位县城作者到省城改诗时

他高大
男人味十足
送我一套自己摄影的风光明信片
和两本诗集《即感录》《放飞录》

2018 年　省散文学会在清镇召开
会上再次与他相遇
一见如故
会后他回贵阳
同乘车去贵阳拜访哑默老师

三年后
他出版诗集《带枪的人》
有幸获君签名赠书
读之　满满正能量
一座大山在我面前耸立

《带枪的人》
正如作者所言
不光指血性方刚的男人
赵一曼　江姐　刘胡兰等女人同样是

贵州十大诗人　诗评家
书序作者赵雪峰说
读来气势磅礴，悲壮感人

都匀一位诗友说
他喜欢雷老师诗歌
对雷老师诗歌能倒背如流

诗人　盘县作协副主席晏福强说
《带枪的人》是几十年来
他读到的最好的诗集
可以推荐参加鲁迅文学奖评比

网友田峰
读了《带枪的人》
在网上发文
贵州诗人有一首诗歌
各新媒体纷纷转载
阅读量超过 500 万

互联网　抖音　微信朋友圈

官方媒体争相报道
引来西方友人关注

雷智贵老师说
写诗是对自己生活的一个交代
好作品是读者读出来的
是要经得起岁月检验的

《过安检》是诗集里
一首生活味很浓的诗
诗人先按照过安检顺序写
最后　应用小说技巧
使诗呈现罕见的美

他朋友周贵发
读《我醉了》说
智贵真醉了
但做到酒醉心明白
形醉神不醉
酒后吐真言
是性情中人
是一位真正的诗人

作家冯毅说
他总在做事
总是在行动
不知道他下一步又要做什么

我相信
雷智贵老师
会如《带枪的人》写到的
我站着撒尿
站着生
站着死
站着做人
将带给我们更多精彩

跋

映山红，别样的红

周　军

偶然的机遇，在《燕都》文学期刊上看到了贵州诗人胡荣胜老师的大作《映山红》，令我震惊不已，赶紧在键盘上敲打下春天的意境。

映山红（杜鹃花科植物），又名杜鹃花、山石榴，为常绿或平常绿灌木。相传，古有杜鹃鸟，日夜哀鸣而咯血，染红遍山的花朵，因而得名。作为贵州的省花，映山红于 1985 年 5 月被评为中国十大名花之一。

我想胡荣胜先生必定是从小生活在满山映山红的土地上，才会对映山红有如此深深的情谊，对于一个生活在农村的孩子，与映山红为伴，真可谓是扎根基层，长在基层，才会对映山红有如此强烈的爱。

在诗中，胡荣胜把自己比喻成“映山红”，生长在大山里，有一种信仰点亮了山里的天空，从不与春天争宠，不与世俗同流合污，可以发现诗人心境的空灵，我们不难猜出诗人是从大山走出的孩子，在与生活博弈后，或许是遍体鳞伤，或许是金碧辉煌，人到中年后，又一次见到家乡的映山红，从而发出感叹。

整首诗，洋洋洒洒不到 10 行，在诗句里我们看不到映山红的娇艳和美丽，也看不到满山的红，我们只看到了诗人对映山红深深的挚爱之情，从诗意里，我看到了一个不为人知的“秘密”，一个从小生活在大山的孩子，每天对在蔚蓝的天际发呆，总想着通过自己的不懈努力，走出大山改变命运，把自己的梦想托付在映山红这一独特的植物身上，有对生活的热爱，也有对理想的追求，“映山红 / 大山里的红 / 它不与世界争春 / 独自绽放生命的色彩。”有一种与世无争的心态，或许是诗人厌倦了世俗的钩心斗角，也或许是诗人悟透了生命的真谛。

我也是一个土生土长的农村人，从小接受了映山红的洗礼，所以能感同身受诗人身上那种独有的乡土气息，诗歌本身是展现和歌颂美。这一点，胡荣胜在诗歌《映山红》里展现得淋漓尽致。

这首《映山红》把大山里的红花形容得非常生动，字里行间流露出对大自然的敬畏和感慨。红花点燃了山里的一片火焰，闪耀出灿烂的光芒，照亮了整个天空，让人们惊叹它那无穷的生命力。这个“映山红”也不与世界争春，它是自己身上的红色，洋溢着自然姿态，轻轻地展示着它旁边的生命美和自然美。

整首诗通过自然景物来表现人们对生命的敬畏之情，由此展开对大自然生态环境的思考。在自然中，每一种生物都有它的生命之美，红花自然地闪耀着自己生命的力量，自然的美和存活力量的体现，让我们深深地感受到它的陶醉之美，也让我们有一种对主人公的感动与欣赏。这种观察力和思考力，具有启迪人心的独特作用。

这首诗中，用“映山红”这样一个质朴的词语来形容大自然中一个不起眼的红色，既简单又朴实，而且深刻表达了中国文化中关于自然的敬畏。它启发着人们思考生命的奥妙，从中认识到生命本身就是一种自然的美，人们要去学会与自然和谐相处，珍视生命并保护环境，这才是大自然和生命生态环境所需要我们去思考和实践的。总之，这首诗凸显了生命的美和自然美，展现了诗人对自然的美和生命珍视的态度，也启迪着读者认识到自然和生命的神奇和美妙。

如果一定要找寻这首诗的瑕疵，我想诗人作为地地道道的农村人，应该多一些生态文明和家乡巨变的思考！但凭诗而论，《映山红》毋庸置疑是一首好诗，短小的诗句，悠远的诗意，浓浓的思乡情把人引到一个身临其境的“大山”，满山的红色，这不也有着对祖国的热爱吗？如果你要是问我，假如信仰有颜色，我想那一定是中国红。

（作者系中国作家协会会员，诗人，作家，诗评家）

村寨生活与微诗探索

颜水生

胡荣胜出版有《深山红叶》《生命谷》等诗集。在《山村》(组诗)中，作者描绘了农家村寨的幸福生活，也描绘了高原山河的自然美景，比如在短诗《竹海深处》中，“连绵群山／茫茫竹海／神仙披的银纱／透露女儿的绿／竹海深处／农家的宅院／炊烟升空飘舞”，作者把群山竹海与农家生活和谐统一起来，《村寨欢笑》《后花园》等诗篇表现了农家生活的幸福气象。更值得注意的是，胡荣胜尝试探索微型诗的创作，比如《乡愁》写道：“母亲额头的霜雪／漂泊我潮湿的夜晚”，以“霜雪”暗示母亲的白发，以“潮湿”暗示思念的眼泪，作者选择典型意象“霜雪”和“眼泪”表达对母亲的深沉思念，也表达对漂泊的深沉悲哀。“漂泊我潮湿的夜晚”以陌生化的手法突破语言的常规用法，使诗歌充满张力，给人留下无限回味的空间。又如《岩畔花》写道：“挺立的茎／洁白的花瓣／放射夺目的光芒”，作者努力选择独特的意象，试图揭示丰富而又深刻的意蕴，这种象征主义诗歌手法能使人想起庞德的著名诗歌《地铁车站》：“人群中这些面孔幽灵般显现／湿漉漉的黑枝条上朵朵花瓣”。然而，《岩畔花》在思想内容方面不如《地铁车站》丰富，它只是单方面地突出了花瓣的夺目光芒，《地铁车站》以“幽灵般”和“湿漉漉”等词语表现了社会的险恶与幽暗，花瓣就像黑夜中的流星给人无限希望。因此，诗人或许应该在意象的饱满、内容的丰富以及思想的深度等方面作出努力。

（本文摘自《黔西南州诗歌、散文作家简论》，作者系贵州民族大学教授、中国现当代文学馆特聘研究员。）

高原的恋歌与赞歌

——胡荣胜诗集《生命谷》读后

李玉真

和荣胜兄相识有年，若不是某次偶然的网上交流，我居然不知道他是一位诗人，而且已经结集出了三部诗集（第一部与人合著）。那次交谈，我不仅知悉了荣胜兄诗歌创作的概貌，还了解到他虔诚、执着、卓有成效却十分低调的文学经历。

本文旨在做些关于诗人的简介与诗集《生命谷》部分篇章的剖析。作品解读见仁见智，诗歌尤其如此，因此并不确保完全符合荣胜兄的创作初衷。这不违背文学鉴赏的一般规律，我也就少了一些顾忌。

一、胡荣胜其人

胡荣胜，1966 年生于贵州安龙，早年从教为业。1990 年 7 月，从省电视大学汉语言文学专业毕业时，因论文选题的缘故，他与诗歌结下了不解之缘，此后，不但订阅了大量与诗歌有关的文学刊物，还积极参加了一些刊物主办的诗歌函授或刊授学习。得到一些名家面对面的指导，他的诗歌创作有了极大提升。1992 年，到贵州教育学院读教育系脱产学习，两年间，他进一步徜徉在诗歌的海洋。1995 年，与人合著的第一本诗集《木叶的旋律》问世，并没有给他带来太多的成就感。1996 年，他再次报考鲁迅文学院，在朋友的资助下，到北京脱产学习一年。时间很短，诗歌界的一些名流较好地影响了他，使他解开心结，眼界有了进一步的拓展。

1998 年 1 月，胡荣胜加入贵州省作家协会，同年 8 月，调入兴仁县史志办工作。在史志办工作了两年，县里成立文联，他又调到文联工作，任副主席。在文联，他结识了许多文友，获得了更多文学交流的机会。2003 年，《兴仁文苑》（季刊）创办，对他的诗歌创作有了更多帮助。

2004 年，胡荣胜出版第二部诗集《深山红叶》；之后，他的诗歌陆续在外界发表，并多次获奖，有省级的，也有国家级的。2013 年，他出版了第三部诗集《生命谷》和散文集《太阳的摇篮》。

二、《生命谷》其书

诗集《生命谷》由“山村”“情系灾区”“微型诗”“人在旅途”“散文诗”“古体诗”和“附录”等辑组成；前五辑都以组诗（章）的形式呈现，附录部分则是关于这部诗集与相关作品集的评介。

“山村”辑，主要抒写了以黔西南地区为主、兼及别处的黔山自然风光与人文风情，包括对具有地域关联性的两部电视剧的观感。“情系灾区”辑，着重讴歌了在灾难面前，人们遭受的苦难和拧成一股绳的顽强抗争精神，尤其是八方驰援的无私救助。“微型诗”辑，不拘一格，或写人，或咏物，或直接抒情，或托物言志，不一而足。这辑是诗人诗意的触须延伸最远的一辑。“人在旅途”辑，既有诗人外出期间由景生情的感触，有感物述怀，也有关于友情亲情的赞美，更有对长征精神的反复吟咏和礼赞，等等。“散文诗”辑篇数不多，歌咏的基本上都是黔西南新貌。“古体诗”辑有二十余首，题材广泛，主题各异。附录部分，则是诗歌界几位专家学者关于这部集子的评述，各有视角和见地，毫无例外地都予以了较高评价。

三、《生命谷》精彩篇章管窥

从现代诗到古体诗，包括散文诗,《生命谷》的每辑都有许多精彩篇章。这里随机选取少许，稍做分析，以窥一斑。

《激情火把》：“彝家汉子 / 舞着火把 / 蜿蜒的火龙 / 传承远古与未来 // 激情火把 / 点燃火塘 / 燃起希望 / 翩翩起舞 / 唱响盛世欢歌”。

“激情”一词很好地体现了火把的内蕴与呈现方式。男性的粗犷、坚忍和勇毅，通过熊熊燃烧的火焰，得到了生动形象的诠释。在远古蒙昧时期，火是人类征服自然的基本工具，也是图腾崇拜的重要依凭。经过千万年的演绎，这种表达方式只存留在对大山依存度极高的高原或边地民族的习俗中，进而形成了一种艺术表达，除了纪念和祭祀活动，其余时候多存在于旅游方面的艺术表演中。

确如诗中所言，在盛世，火把同时也是希望的象征，开拓新生活的象征。

《铜鼓》：“从远古走来 / 高昂的鼓点 / 回荡群山 / 飘向远方 // 您 / 指挥千军万马 / 保卫过家园 / 我们用生命捍卫您 // 您/ 凝聚一种文化/ 传承民族精神 / 成为华夏瑰宝 / 融汇世界文化的长河”。

远古时期，科学常识欠缺，科学技术落后，为了克服恐惧，或者为了“解读”未知，拜物成了人类生活的必需。闻鼓而进跟狩猎或者抗击别的劲敌有关，后来逐渐转向娱乐性质，由征伐演变成带有娱乐色彩的祭祀活动。实用功能虚化了，装扮改变了,“铜鼓”却不减感召力和凝聚力。

《碧云洞怀霞客》：“碧云洞因您而神奇 / 山因您而翠绿 / 水因您而放歌 / 盘县人因您而自豪 // 那飘舞的青丝 / 是人们对您的怀念 / 碧云洞中的神鹰 / 慕名而来栖息成为化石 // 盘水碧云厚重的文化 / 源于您坚固的基石 / 赶洞节的形成 / 那是对苦旅文化的崇拜”。

徐霞客游踪所至，除了险远之地，不夸张地说，大多成了后世胜迹。在西南地区，在黔省，也没少了他老人家的光顾；诗中的碧云洞，便是其一。欣赏造化雄奇，无论是留影以证“到此一游”，还是形诸笔墨，与读者隔空互赏，都是适合的选项。

徐霞客的游踪，体现了一种执着的“苦旅文化”，诗中这一界定，恰切而精辟。“苦旅文化”，没有毅力和决心尤其是强健的体魄，光靠一种似有若无的好奇心，岂能奏效?

《竹海深处》：“连绵群山 / 茫茫竹海 / 神仙披的银纱 / 透露女儿的绿 / 竹海深处 / 农家的宅院 / 炊烟升空飘舞”。

赏析这首诗，我们可以获得一种镜头焦距改变所带来的摇曳生姿的动感美。先是俯瞰，整体勾勒；“镜头”逐渐拉近，细节逐渐呈现；而后，人间烟火袅袅升腾。撇开林与竹的具体属性，此诗远景勾勒部分，与唐诗人王维的《鹿柴》有异曲同工之妙；相对于后者，这首诗无疑更有生机与活力。

袅袅的炊烟，再加上鸡鸣犬吠声，对目的地茫然的旅行者来说，定会温暖盈怀——与曾经相熟与否无关。

《暮秋》：“霞光 / 映照着山里 // 牛 / 忙翻着新土 // 稻草垛 / 行走在田间小道”。

这首诗像一幅不需要彩笔点玷的水墨画，清新、明快，却不乏动感。上一季的收成已是事实，但耕耘者并没有松劲。下一季的播种，他们又在忙碌中展开。古谚说“一年之计在于春”，从农事角度看，“一年之计”其实早在上一年的秋末冬初，就已经付诸行动了。

上一诗节动中有静，下一诗节静中有动，唯独没有点明田野中的“人”，是这首诗有趣的地方。没点明不是忽略，更不是轻慢，因为农人本来就是、从来都是田野的主人。

《老屋》：“老屋 / 门前的石梯路 / 长满荒草 // 老屋 / 门上的守门将军 / 锈迹斑斑 // 老屋 / 堂屋的三合土地 / 透明的光泽依然如故”。

老屋不是美景，是有心者忆旧的依凭。曾有的奢华或富庶、贫苦与寒微，只要主人离开不再有人居住，老屋的命运便陷入荒芜，或被拆毁，或在岁月的尘埃里自然倾圮，有的可能会因居住者身份特殊而保护起来，供人瞻仰。不管是哪一种，老屋都是历史的参与者、见证者。

《渴》：“水库 / 见底 / 褪尽了绿色 // 树 / 伸长双臂 / 向天空祈求 // 草 / 拼命 / 往地底钻 // 石头 / 昼夜 / 散发着浑身的热气 // 人 / 守着水井 / 仰望着蓝天”。

作为“情系灾区”组诗之一，这首诗侧重于反映旱灾肆虐的景象，以及灾区人民的艰难和无奈。“情系灾区”辑，通过不同的视角，分别反映了雪灾、旱灾尤其是汶川大地震给人民带来的巨大损失和痛苦，也反映了人们的不屈与抗争、从外界获得的无私援助，更反映了国家领导人对灾区人民的深切关怀。

《石磨》：“一首古老悠长的歌”。

石磨，曾经是一道随处可见的乡村生活物件，也是经济贫穷与生产力落后的象征。电力在农村普及之后，它们陆续退出了历史舞台，在屋角墙边“沦落”成一种沧桑。推磨发出的鸣响，推磨人之间的温馨互动，总会在那些年的乡村时时出现。多年后回望，它们不仅是风景，还是不需要话语诠释的歌谣，在经历者心灵深处回荡。

《岩畔花》：“挺立的茎／洁白的花瓣／放射夺目的光芒”。

这是一首“显微”式的诗作。“岩畔花”其貌不扬，无法跻身名花异卉，更无法与苍松翠柏比肩。然而，当诗人的笔触关注它、抒写它的时候，我们的观感跟着为之一振：这小小的花朵，居然也有自己的韵致和风度！打量现实，我们发现生活中有为数不少的“岩畔花”式的人，他们不擅竞争，不事张扬，但执着地活着，活出了自己的精彩。

从创作角度看，将目光从远处高处收回来，关注平凡和细微，展示其个性，我们的笔下，或许会有另一番精彩。——这是这首诗给我们的启示。

《喊山》：“喊出十里坡／喊出苦涩中的甜”。

在交通不便的年月，黔地乡村的汉子们在许多情况下必须负重前行，最突出的是寒冬腊月背烤火煤回家，播种时节背农肥下地。这时往往几个或十几个人连成一串，在崎岖山道上迤逦而行，近则三里五里，远则十里八里。因为陡峭，每隔一段路程总得歇脚，这时会有人吁气，会有人呐喊，会有人发出吼声。方式不一，其目的要么释放郁积，要么消解疲劳。等不到汗水稍干，他们又得继续负重前行，朝更高处攀登。

“喊山”并非黔地独有，但作为黔省人，读黔省诗人的诗歌，自然觉得亲切，更容易产生情感共鸣——哪怕没有乡村劳动体验。

《执着》：“守望着山／思考着刀耕火种”。

在黔地大山里，世代居住着不同民族的人们，“靠山吃山”。除了极端情况需要由官方统筹整体搬迁之外，人只能守望着大山，日出而作，日落而息。哪怕是入不敷出的原始农耕生活，也是他们希望之所在。

整体而言，近些年，黔省经济有了质的飞跃，但人们依然是在大山的怀抱里繁衍生息。焕然一新的除了住房、环境，还有人的精神面貌。对既往的艰难，谁都没理由忘记，特别是不气馁不屈服的精神。

《砂轮》：“从不低头 / 专与强者较量”。

敢于碰硬，是一种胆量，值得钦佩，到具体的生活场景，却有必要视情况具体分析。对于砂轮来说，它的价值体现，当然在于以硬碰硬，因为磨平对手的棱角，就是它的使命。但这使命，是以损毁甚至完全损毁自身为代价的。在同样可以实现目标的诸多方式中，是否能够优先选择更能保全自身者？

诘问超出了这首诗的内涵，撇开投机和怯懦心理，现实情况依然值得我们思索。

《男子汉》：“站起是山 / 躺下是长城 / 是一滴水 / 就注入大海 / 有一口气 / 就顶天立地”。

这首诗是一曲对高原汉子的赞歌。贵州是云贵高原的组成部分，地形却有相当一部分更接近相对高差较小的山地。山间坝子（平地）较少，这是“地无三里平”的来由。生活在这个环境中的乡村汉子们，为了活下去，为了让家人过得更好，没有办法不与恶劣的地理环境、气候环境持续斗争。说固执也好，说顽强也好，说争强好胜也好，都不足为奇。

在 21 世纪进入第三个十年的今天，贵州的景象有了天翻地覆的改变，在新的建设历程中，汉子们是一股不可取代的中坚力量。

《双乳峰》：“双乳峰　虚与实结合 / 青春飞扬　给予人梦幻”。

双乳峰不仅是大地的杰作，还是贞丰的名片。在一些人的眼中，它具有形态美，作者们的笔下，也就有了赏识。在另一些人心中，它具有母爱的神圣，作者的笔下，也就有了感恩。不管从哪一个角度，爱惜、呵护，是一种必需，而亵渎、糟践，则该受到谴责。

幸运的是，在有关双乳峰文学作品中，我们还没有发现后一种情形。但愿这人间至美，能存之久远。

《老屋聆听》：“守候北盘江畔 / 倾听时代的涛声”。

诗中老屋是一种特写式的存在。但这特写，又不限于局部的细节，而是将其放到时代大环境中加以审视。其独特之处，于是得到了充分衬托。放眼四方，我们可以发现“老屋”的共性：陈旧、闭锁、荒寂，相对于“新屋”的光鲜、开放和热闹，它们往往成为原始、落后的代名词，“推倒”往往成为第一选项。

《乐在其中》：“山为伴 / 水为影 / 垂柳在歌舞 // 农家乐 / 乐农家 / 欢乐你　我　他”。

近年来，农家乐作为一种新生事物，在神州大地可以遍布广大农村的山山水水。因地制宜，小规模投入，小本经营，加上各地政策的扶持，使得各色农家乐显得灵活多样。分剖其功用,“乐”是核心：主人有了“进润”，客人颐养了身心，可以说一举两得甚至“几”得。

对农家乐，社会学家或经济学家自有他们的专业研究和认知；在诗歌领域，根据作者兴趣点和关注点的不同，也会有不同的体悟。不管何种体悟，都该秉持一种认可、欣赏的立场。

《赞登涛先生》：“大山骄子数登涛，勤政廉洁意气豪。华诞乐章十颂党，诗朋词友众声褒。”

这是古体诗的一首七绝，涵盖了登涛先生的身份、思想境界，文学修为及诗友文朋们的赞誉。此诗囿于格律，形式上中规中矩，在意蕴方面却情感充沛、人物鲜活，算是本辑的上乘之作。

《有感汕昆高速公路过境》："崇山通大道，峡谷架天桥。乡梓添新景，花开人面娇。"

这首五绝讴歌了黔地交通领域的建设成就。从主题内容审视，这首诗没有过于特别之处，但从意象角度，却画意诗情齐备，足以让我们获得丰富的审美愉悦。上联"崇山通大道，峡谷架天桥"，从俯瞰视角，给人一种宏大的气势；下联则从微观角度，融入了抒情主人公近距离的特别观感。

相对于新诗而言，古体诗有较为严苛的格律要求，但上面这两首，在恪守格律的基础上都表达了浓郁的诗情，难能可贵。这辑值得赏析的还有不少，这里不展开论述了。

四、希望与祝愿

2016 年，荣胜兄退休，但退休不褪志，先后加入了国家和省级的许多文学组织。在诗歌道路上，他依然在辛苦跋涉。

依荣胜兄的看法，诗歌创作可分三个阶段：第一阶段，由诗歌爱好者到有诗歌在报刊上发表，即人们常说的诗作变为铅字；第二阶段，在报刊上发表的诗歌给人留下深刻印象，几年后还会有人提起；第三阶段，自己发表的诗作被方志或文学史收录。他说：诗歌创作每前进一步都很艰难，每个阶段只有三分之一的人成功。我却觉得，这难度至少要扩大十倍，即每一步的成功率最高不会超过三十分之一。

回到诗集《生命谷》，我们可以发现它在紧扣时代脉搏的基础上，多侧面地体现了地域与民族特色，以及人们的精神面貌。如前所述，许多篇什还反映了高原上雄浑和壮美的力量，是一曲曲关于高原的恋歌与赞歌。

诗集被国家知名文学馆收藏，诗作被地区志书收录，这是一种荣誉，也是一种鞭策。愿荣胜兄有更多佳作问世，被慧眼识珠，早日在诗歌史上拥有一席之地。

赍捧春风又一枝

——读胡荣胜诗集《映山红》

李玉真

继诗集《木叶的旋律》(与人合著)《深山红叶》《生命谷》和散文集《太阳的摇篮》之后，荣胜兄的另一部新诗集《映山红》又将出版。拜读之余，除了感谢分享，写点儿什么似乎也是礼数；于是试着将阅读心得适当梳理，稍做反馈。

一、诗集概貌

全书正文部分包括“家乡情怀”“旅途心语”“深情缅怀”“微型方阵”“诗评园地”五辑。从题材上看，前四辑是主观抒发，后一辑是诗性评述；从抒情侧重上看，第一辑以家乡为主要抒写对象，第二辑系生活感慨，第三辑是怀念亲情友情，第四辑是篇幅很短的微型诗，第五辑是阅读友人作品后的体悟。各辑的共同之处，在于浓郁的抒情特征。

（一）家乡情怀

这一辑收录了34首诗作，荣胜兄多以家乡素材为主。开篇之作《映山红》，写得气势雄浑而又含义隽永。《招堤，我梦中的家园》，反映了招堤悠久的历史和厚重的文化。《抹不去的青春记忆》，是诗人对自己三年中师生活的深情回眸。对别人或许不足称道，但在众多经历者的记忆中，那是一段永不磨灭的存在。《走进“一江锁钥”》，记述了北盘江畔的一处历史胜迹，历史、民族文化和经济建设并重，是这个名叫阿藏村落的亮点。这组诗作中描写自然风光较为别致的，要算《黄果树瀑布抒怀》这首。“借你的美名 / 世界认识了中国 / 中国认识了贵州 / 贵州认识了自己”，是其第三诗节。作为旅游景点，黄果树的美誉度在贵州应该是最高的；中外游客前来旅游，略过黄果树瀑布的，恐怕没有先例。黄果树的文化和经济意义，通过诗意的阐释，得到了进一步的升华。《九妹》，叙述了一个小名叫作“九妹”的乡村女孩，陪着母亲外出治病，偶然机缘学习理疗，历尽艰辛终有所成的事迹。《第一书记心语》，是对一位驻村干部不遗余力、心系百姓的讴歌。

后面有三首属于散文诗。其中的《踏行山路十九弯》，反映了脱贫攻坚的难度和力度；环境是恶劣的，付出是巨大的，成果却是可喜的。另一首《册亨，我成了您的匆匆过客》，直抒胸臆，对故乡曾经的人与事满怀深情。

（二）旅途心语

这一辑是蕴含最丰富的一辑。《我在月光下读你》，是对一位知己者（据其中的“月老”推断，应是曾经的恋人）反复咏唱，真挚恳切，感人至深。《致青春》，是对青春年华的生动诠释与形象讴歌，有一种催人奋进的壮美。《小鸟飞了——谨以此诗献给女儿十八岁生日》一诗表达了对女儿翱翔梦想天空的殷切祝愿。

本辑诗中较为特别的，是《诗人之死》这首，别致，有趣，很耐品读。从自然生命角度，谁都会死，而且“必死”无疑，但对诗人来说，诗歌会在诗人的自然生命历程之外，延续更长时间；好的诗歌，延续的期限会更加久远——那是诗人精神境界的升华和延续。此诗虽以“死”入题，却不是预言，也不是谶语，而是想象中一种纯粹、自然而优美的终结，没有做作和矫饰，没有恐惧与悲戚，显得绮丽、隽永。

《用生命追赶太阳》，反映了大山汉子的梦想与追求，以及他们孜孜努力与不懈奔忙的可贵品质。从《军人颂》里面，我们可以感知到军人是祖国富强、民族繁荣的根本保障。《祖国，我为您骄傲二首》，前一首通过2022年的国庆节，表达了对祖国的祝福，对英雄的敬仰；后一首抒发了祝福祖国、对祖国崛起感到自豪的情怀。

（三）深情缅怀

这一辑收录了10首诗作，是一组怀念领导、亲情友情、上古先贤的诗歌，读后不难看出作者是位讲情讲义，懂得感恩之人。《孙哥走了》一诗，叙述了孙哥心怀大爱，眷恋家乡，帮扶乡人的感人故事，以及对他的真诚怀念。《兴化走了》，兴化与作者是发小，两人有着共同的文学爱好，但是，因兴化本分老实、一直居住在农村，自称是位“残废”人，身体不好，英年早逝，作者非常痛心，诗歌表达了生命无常，过好每一天的理念。《爸爸，你在那边过得好吗》，表达了儿子对离开他近20年父亲的深情怀念，从诗句里不难看出，作者父亲是位过得非常清贫，经历过多次磨难，敢挑重担，非常有担当精神和责任感的人。《端午吊屈原》，体现了对上古先贤的称许。其余还有对领导、同学、朋友离世的悼亡诗，感情真挚，诗味浓郁，不失为好诗。《好书记　姜仕坤》，则是对因病殉职、倒在脱贫攻坚岗位上的晴隆县委书记姜仕坤的深情缅怀，有叙事，有抒情，读后令人由衷敬仰。

（四）微型方阵

这一辑收录了31首短诗，在形式上的特色多是言简意赅，各有可取之处。以下只引述其中5首。

《金猴观瀑》只有三行，“踏行千里/遇你/跪拜，守你一万年”。这首诗奇妙之处在于，不是从人的立场去审视瀑布，而是借助景物中“金猴”的视角，拟人化地表明一种长相厮守(瀑布)的决心。《老屋》只有两行，“岁月中遗失/在我心中生长”。是的，在历史长河中，各种各样的新居，面对岁月的洗礼，毫无例外地将会成为“老屋”，乃至危房。它们可能会被摈弃，乃至拆除，但在曾经与之有交集的人们心中，无论是作为一份念想，还是一种记忆，都将是一种永远的存在。《双乳峰》“身披云彩/哺云哺雾哺日月”。这首诗只有两行，却勾勒了双乳峰母性的伟大与崇高。在众多抒写双乳峰的诗歌作品中，这或许算得上最突出的一首。突出在于将双乳峰放到天地广阔视野中去描摹，令人仰之弥高。《荷的乐章》是组诗，通过春夏秋冬四个季节，歌颂了荷花从形到神的美好风韵。

（五）诗评园地

这一辑收了12首诗作，反映了荣胜兄的阅读视野，是对文朋诗友作品和人物的诗意评说。

《秋的收获——读黄彩梅散文集〈石头开花〉》，通过集子中的《杜鹃花开别样红》《人生坦荡》《水之魂》《女人味》等篇章，对其积极意义做了深层挖掘。《诗与远方的赞歌——读晓瑞诗集〈诗与远方〉》，从不同侧面反映了作者对贵州这片土地的深情，以及对创作与生活关系的认知。《捧读〈元庆史话〉》，则介绍了黔中修文县一个村庄的发展变迁史，借助诗歌形式，梳理了“元庆”的文化传承与历史变迁。《年味十足——品读李东华散文诗〈年俗记忆〉》，紧扣题旨，展现了那首散文诗中关于春节的民俗和对传统文化的弘扬。除此之外，这辑诗作，还有对好友人品或奉献的评说，都满含着浓浓的人情味。

二、从诗集外审视《映山红》

读后掩卷，我们可以体悟到这部诗集的一些特色。这些特色是荣胜兄前面三部诗集特色的进一步延伸。

（一）行文风格平易朴实

集子中的全部作品，从语词到意象，从思想到情感，抒写到位，升华自然，没有晦涩辞藻，没有故弄玄虚，更没有哗众取宠。类似风格的诗歌，在一味倡导“艺术至上”的派别那里，可能不容易“讨好”，但我们没有必要奉为圭臬，在其面前诚惶诚恐，亦步亦趋，迷失自我。

（二）诗意触角足够坚实、稳固，足够深入、广泛

以写人篇章为例，其中的人物身份包括革命功臣、军人、科学家、医生、记者、作家、诗人，以及亲人、好友等。再以叙事篇章为例，其中的事件包括歌颂祖国、歌颂家乡、歌颂脱贫攻坚成果，以及行旅、采风、缅怀、凭吊、悼念等。当然，事与人之间无法截然分割，二者在很多时候还存在着明确的对应关系，但不影响我们分开表述。一句话，诗人并没有囿于一己之“小我”，他心系家国，热爱生活，眷恋家乡，珍视人情。值得强调的是，诗意的触角并非线性，也不平面，而呈立体态势。

（三）真挚且浓厚的抒情

集子中的一些诗作，直接也好，间接也好，都是为了抒情。大略归类，直接抒情的有《祖国，我为您骄傲二首》《抹不去的青春记忆》等；间接抒情的占比较多，包括通过人物、事件或通过写景、咏物等方式抒情的在内。就不具体举例了。

三、结 语

在传统诗词领域，因为地理阻隔和交流不够通畅的缘故，贵州的诗人和诗歌绝大多数不被中原及其他地区所知，以致常常被外界看轻。其实自明清以降，贵州不乏杰出的诗人，也不乏功力深厚的诗歌。尽管出版部门倾力弥补曾经的缺憾，散落在历史云烟深处的贵州诗人与诗歌，大多还是“籍籍无名”——包括网络上也鲜有推介。

现代自由诗不然，命运有了截然不同的改观。因为交通的便捷，与省外交流的增多，贵州省诗人与诗歌在外界也逐渐提升了知名度。然而不得不说，与中原等地文化发达省份相比，两者差距还是相当明显的。盲目自大与妄自菲薄都不是良策，在宏观统筹之外，诗人从自身做起，踏实地尽心地创作出一些具有思想和艺术含蕴的诗歌作品，并结集发布，不失为有意义之举。

在新世纪20年过去之后的今天，贵州省现代自由诗的局面，可以用生机勃勃、欣欣向荣两个成语来形容。热爱生活，拥抱时代，感恩社会，是荣胜兄诗歌中一贯的情感指向。从这个层面审视荣胜兄的努力和成就，我们是欣喜的。为此，謬凑一绝以示祝贺：

秀水黔山满是诗，前朝遏阻未逢时。
芳园锦簇钦荣胜，赍捧春风又一枝。

（作者系贵州省作协会员，文学评论家）

品读荣胜其人其诗

丁大林

盖闻文章，系为立言，经国大事，不朽功勋，精神食粮。人如无食，生命难续。

胡君荣胜，欲继生命，勤奋写作，为自己命，亦为他人命，故而得宏论：写作，是生命的需要。此论于我，不啻洪钟大吕，震耳发聩。

荣胜退休，余亦退休。退休生活，是为两重之天。余碌碌无为，无所事事，光阴虚掷。而荣胜君，创幼儿园，办培训班，不亦乐乎；究诗歌艺术之理论，设本土作家之书柜，不辍笔耕。

是年春，荣胜将其即将交付出版的第四部诗集《映山红》电子文本发来，供余欣赏、玩味。其退休近十年，尚要出版诗集，顿让人生出许多感慨。在比照余退休生活的无聊空虚深感汗颜之后，不得不对胡君肃然起敬，不得不将其再次打量、品读。

其人。余识荣胜，是20世纪90年代后期。国家注重文化建设，兴仁恢复设置中共兴仁市（县）委编史修志委员会办公室（简称史志办），开展中共党史的研究、地方志的编修，调余到该办公室任职组阁。这个单位虽言系恢复，其实就是新置，组织部门许余在全市（县）范围内干部队伍中调兵遣将，选拔良才充实。当时时髦的用人标准是“德才兼备”，余以为这种单位无足轻重，可有可无，市（县）里在20世纪80年代初设置，90年代初撤销就是证据，说明是个清水衙门，无人愿坐的冷板凳。故而用人标准还需加上“耐得住寂寞，守得了清苦”方才适用。组织部门同意这个意见后，余就大张旗鼓地开始选人。在兴仁师范学校任教的一位余之大学校友举荐了家住师范校园的荣胜君，当时荣胜在一乡下学校任教，被举荐到市（县）委机关工作，自然乐意，就带了其与人合著、由贵州人民出版社出版发行的新诗集《木叶的旋律》，到史志办来交流。此时，兴仁境内尚没有文人有文学文本问世。荣胜其人，虽然不善交际，本分老实，却因其诗集《木叶的旋律》，开了兴仁历史先河，让人境界大开，喜不自胜。

荣胜顺利调入，与同事一道，孜孜不倦，钻研业务，踏踏实实，勤恳工作，参与了续修市（县）志的资料收集整理工作；参编了由中共党史出版社出版发行的《中国共产党兴仁县历史大事记》。

历史进入新的世纪，文化工作被进一步加强，2001年，市里筹备设置文学艺术界联合会（简称文联），荣胜知情后，间接向余表示其想到文联工作的意向。余虽然不舍，却考虑成人之美，善莫大焉，荣胜能到文联工作，是为英雄有了用武之地，定能如鱼得水（以后其成长为文联副主席，证明余当时的判断正确），加之文联筹备组领导系余之老友，要余为其招兵买马荐贤。于是，就忍痛割爱，到组织部门游说，荣胜如愿以偿，调入文联。

人虽不在一个单位上班，可联系却并未中断。文联成立后，组建其下属之文学艺术界八个协会，余有幸被文友们选举为作家协会主席，这就与荣胜君联系多多。后来，文联创办文学刊物《兴仁文苑》，余与荣胜都是该刊的编辑，与君之联系就更多。直到退休，联系均未中断，彼此时时都在关注着对方，关心着对方。

以同志加兄弟加文朋诗友的情感品读荣胜，读出其踏实诚恳，老实做人，勤奋做事，不务空虚；待人和蔼，不争口舌之快；特别是执着于诗歌创作，将其视为生命，是生命的需要，尤可乐道。

其诗。从《木叶的旋律》到目下的《映山红》，细细品之，是为秀美的“小家碧玉”，大都小巧玲珑，贴近生活，贴近人心。风格渐趋成熟、稳定。其语言，平实可信，如数家珍。无大轰大嗡的歇斯底里宣泄，宣泄如一杯沸水难以下口，轰半天，云里雾里，不知道要告诉读者什么东西。其形体，无乱七八糟的毫无章法，一段到底或一行一二字又一行突兀的来个十多二十字，参差不齐，碍眼刺眼。荣胜的诗，大体工整、养眼，正符合余之为诗主张。余曾在《今日文艺报》发表《寻找诗的路向——新诗体例建设论》，提出“不拘平仄，大体整齐，大致押韵”的12字方针，力求创建新诗之体例，以解决中国新诗自“五四”发生以来由于没有进行过体例建设，因而没有成熟的体例可供参照，任由写手胡搞乱弄，用垃圾、肢体、脏话博人眼球，哗众取宠，致使新诗非诗化、散文化的情况严重到无以复加的地步，败坏了泱泱中华的诗歌传统与风格，使得高尚文雅的“诗人”差不多与“疯子”画上了等号。如按余之“12字方针”办事，当然还要加上诗歌精神等方面的建设，或就可以解决新诗的诸多问题。荣胜君的诗，是符合“12字方针”要求的。其风格，评论家王克楠先生已有独到的见解，其命名性、歌谣体、抽象性的总结，是切实的、中肯的，余亦作如是观。此其中关于“歌谣体”的总结，余体会犹深，学狗尾续貂，赘述几句。

“歌”与“谣”是民间的东西，有韵者为歌，无韵者为谣。中国诗歌的源头在春秋孔子编的《诗经》，其中之“十五国风”就是民间歌谣。兴仁属于汉代司马迁笔下《史记》里的“西南夷”地区，民族杂居。“夷”泛指今日语境中的“少数民族”。少数民族，风情独特，人民活跃，能歌善舞。其歌谣，大都成为今日之非物质文化遗产，上了国家名录，可圈可点。荣胜从民间汲取营养，养心养诗，是聪明之举。故而其诗带有民间歌谣体痕迹，是自然而然的。

关于诗歌从民间歌谣中汲取营养的问题，有先贤早有论述。1922年，北京大学创办《歌谣周刊》，其发刊词指出：“本会搜集歌谣的目的共有两种，一是学术的，一是文艺的。……所以这种工作不仅是表彰现在隐藏着的光辉，还在引起将来的民族的诗的发展。”这“民族的诗”指的就是新诗。该期刊物还登载了意大利学者卫太尔的话：“根据在这些歌谣上，根据在人民的真感情之上，一种新的、民族的诗也许能产生出来。”先贤们的这些希冀，百年后由荣胜等一大批能从民间汲取营养者达成，有因有果，硕果累累，可见是为中国新诗的前定。

荣胜诗歌的风格，从整体上看，有贴近平实的美。《映山红》全集分为“家乡情怀”“旅途心语”“深情缅怀”“微型方阵”“诗评园地”五个部分，所要表达的内容，从字面即可知之。要品出其诗的美感、内涵，见一斑可观全豹，读一首或就可以。只要用学术的眼光去看待，用思辨的头脑去思考，就能窥见它的象征，考辨出它的隐喻。

那就读一读该集子的首章吧。首章《映山红》，全诗计3段12行，分别歌咏大山里常见的开花灌木映山红生长的环境、特质、形态。看似平平淡淡，毫无旨趣，掩卷沉思，却有诗意喷涌而来：一朵并不起眼、再平常不过的野花，在贫瘠的山乡，守候着时令、季节，该绽放就“绽放”，该“点燃”就点燃，“不用人夸颜色好，只留清气满乾坤”。只知道开花开花再开花。意境中这样的环境、主体，从其形而之下审视、解读，不正是如荣胜之流不为名誉地位，只求生命圆满、生活在贫困民族地区的山里人执着地写作写作再写作者的形象吗？

荣胜君出版其第四部诗集，可喜可贺，贺君创作丰收，生命圆满！

2024年5月草于贵阳寓所之小湾河畔

（作者系贵州省文艺理论家协会、贵州省作家协会会员，兴仁市作家协会名誉主席）

后 记

《映山红》诗集就要付印了，回想起成书过程真是十年磨一剑。这本诗集是我继2013年出版第三本诗集《生命谷》后的又一本诗集。十年来，我一直坚持诗歌写作，从未间断，延伸我诗歌的发展，并对诗歌进行了总结性、探索性创作。

前些年，我写了篇三千来字的随笔《与诗有缘》，在贵州作协网络平台上发表，文章回顾了我三十年来写诗的心路历程，反映我写诗多年的思考。我认为，诗歌通俗易懂并不是大白话，诗歌要有意象、跳跃性、音乐性，要用形象语言来表达，抒真情，写真意。探索性诗歌写作是这本诗集的一个亮点，集子里收录了我12首诗评式诗歌，其中有评文友其书其作品的，也有评文友的，还单独开设了“诗评园地”专辑。同时，微型诗写作也是我一直都在努力探索的，本诗集收录了30首微型诗。关于微型诗，目前我读到的最短微型诗是一个字，即《生活》：“网”，还有前本诗集里收录了我的诗歌《石磨》，仅一句话：“一首古老悠长的歌。”给人感觉不错。我认为，微型诗在于诗人用简短的语言表达一个哲理或给人无限想象空间，能短尽量短，选词炼句要精准。如：“网”，道出了社会的复杂性和我们在生活中要处理好各种各样的人际关系是多么重要。磨子是中国农耕文明的象征，用“一首古老悠长的歌”来表达，很容易让人想起我国农耕文化的演变。另外，在《生命谷》诗集里，我的微型诗歌还一首排一页，其目的是让它醒目，给读者留下无限想象空间。后面《跋》里收录了几位文友写的诗评，有利于读者了解我的诗歌及人。

这本诗集里我最短的诗是一句话十来个字，最长的诗是50多行，细心读者不难发现我创作上的变化。补充说一点，诗集取名《映山红》，主要是想让它与我前三本诗集（《木叶的旋律》《深山红叶》《生命谷》）名字一脉相承，反映大山里人的生存环境。其次，《映山红》这首诗本身就不错，借深受山里人喜爱的一种花，来歌颂大山深处具有工匠精神的人。创作完成就被北京乡友黄长江选入我六首之一的诗歌刊发在北京期刊《燕都》上，后来又被普安周军老师（诗评家）发现，写了篇评论在贵州《劳动时报》上发表，该文被《燕都》期刊和《零点诗刊》网络平台转载。

总之，《映山红》的出版，得感谢北京乡友黄长江先生的鼎力相助，诗评家王克楠老师为集子写序，书画家、贵州省散文学会副会长邓春源老师为书题写书名，清镇文友李玉真写书评，帮助校对书稿，丁大林兄长听说后也写专文评论，普安文友周军、兴仁海洋书店负责人王登荣对诗集也给予了关注。在这里我一并致谢，愿它的问世能给读者打发时光时一点收益，本人就知足了。